宋·李彭撰

日涉園集

中國書店

詳校官編修臣朱鈐

欽定四庫全書　　集部三

提要　　別集類二北宋

日涉園集十卷

臣等謹案日涉園集十卷宋李彭撰彭字商老南康軍建昌人陳振孫書録解題以為公擇之從孫王明清揮麈録謂李定仲求以不得預蘇舜欽賽神會興大獄彭即其孫也二說未知孰是宋史不為立傳其行履已不可

考趙彦衛雲麓漫鈔載吕居仁江西詩派圖録自黄庭堅以下二十五人彭名在第十五居韓駒之亞則彭本文章之士故事迹不見於史也其集書録解題作十卷世久無傳今檢永樂大典所載彭詩頗多抄撮編次共得七百二十餘首諸體咸備謹校定訛謬仍釐為十卷以還其舊集中所與酬倡者如蘇軾張耒劉羲仲等皆一代勝流故其詩具有軌

度無南宋人粗獷之態呂居仁稱其詩文富
贍宏博非後生容易可到劉克莊後村詩話
亦稱其博覽強記而獨惜其詩體拘狹少變
化今觀所作克莊所論為近之然邊幅未宏
而捶鍊精研時多警策頗見磨淬之功在江
西派中與謝逸洪朋諸人足相頡頏終非江
湖末近所能及也乾隆四十五年十月恭校
上

總纂官臣紀昀臣陸錫熊臣孫士毅

總校官臣陸費墀

日涉園集卷一

宋 李彭 撰

五言古詩

次正平上座韻贈子充

吾宗大宛種末入十二閑膺門沫流赭氣已無燕山何時黃金羈鞍轡長楸間皎皎自空谷待君當御還

戲贈兼簡李翹叟

荆州有醉客踏雪至我廬缺月寒皎皎掛在東南隅索

我五字句慙非競病徒賣菜欲求益故態發狂奴寄聲李夫子聊為一笑娱

贈子充

阿充克家才昭代真孝秀白髪在板輿色養侍昏晝來營甘脆具底事成宿留到骨似我窮黄鍾滿君胠落帆哉生魄步曆月成彀幽園語更僕莫遣雙眉皺覔句洗愁兵河傾轉箕斗

贈無著

蕭蕭玉澗翁韻調實瓌朗懷人修文去音塵生逸想豈唯招重客我廬亦時枉徽軫發妙言幽園復清曠飄忽下巖隈歲月馳兩槳寒蟬久停號新禽哢佳響去者念履綦方來驚蕙帳伊予厭囂塵絕壑期自放從君割半峯披雲同矯掌

送人遊吴

朔風號木末迫此歲時晏驅車不停軌客子老昏宦平生蔣詡徑求羊每娛玩持觴送落日抵掌河宿爛胡為

向吴會雅意訪親串親串者誰鄹昂昂金閨彦嘘枯由
涵照要津藉推挽念子赴修途發軔在昧旦娟娟所嬌
兒嶷嶷越門限閨人密縫裳遐征苦多綻結束志千里
二事忘一眄莫遣扊扅歌愆期發長嘆

宿歸宗贈軾老

平生丘壑心祇園多幽趣杖藜過懸崖投足澄百慮涓
涓一滴泉湛湛三危露淵源自曹溪甘腴勝牛乳諸峰
羅孫曾一一尊鼻祖法筵碧眼人家世本鄠杜嶽樞輿

黃閣去天纔尺五不為世網嬰粲可叶心素繩牀作禪
定大音響韶濩應夢先補陀祝髮得玉斧我來心眼明
意氣諧律呂金地雨曼殊天香遠巾屨明當整歸鞍天
末蜚鴻度

奉贈正平上座

若人韻凝遠天資復敦厖蕭然出塵表幽寺聽逢逢劍
峯極天靜懸瀑聲春撞心猿久調御業白瑩明釭殘河
橫曉鉢霽霧起寒窓禪餘覓佳句鼎鼐筆能扛我來孟

冬月望履塵心降世紛劘羊負是身如帝江願借三峽水一滋隴頭瀧永辦桑門服猶堪追老龐

和連雨獨飲

力田勝巧宦燕息自超然懶覷竹素書俯仰丘壑間時時過祇園亦復舞胎仙偶然得歡趣舉觴望青天六鑿自無競歘見象帝先羲皇隅晨炊坐見淳風還磨螘不少留鼎鼎遂百年但得會心侶相對兩忘言

次秦處度贈歸宗老示中上座韻

夕霏催節往槁葉徑辭風力疾掐秦叔望山扶老筇泄雲為卿靄羣余來鷲峰中有龐眉老常持半聖弓一席跨牛地誅茅期此同虛懷抱朗月意表得詩翁遠志是小草慎在出處中公莫厭苦相歲晏長相從

嗣首座以老夫詩西嶺障斜日為韻作五章見寄次韻答之

尋春舍南北呼酒玉東西絕勝劉校尉太乙持青藜天邊藝蘭人風光今幾畦胡為寂滅海妙語舒虹霓

清霜熟柹栗會面一俄頃蕨拳漸蔌苞鳥語度諸嶺仰頭占昏中弧星光炳炳何當聽談玄令我發深省

我家二季子風標荀令上優孟何足求慎勿作楚相毛顏獨摧頹兒能縛籬障摩挲繭栗姿我老邪復壯

爭端起儒墨春蚓兼秋蛇筆研真淺事專門自名家但有香積飯不妨薰眦耶温風媚高柳招客整還斜

歐峯壓半天堦除轉晴日落磑多雪芽香草皆碧蕊嗣公釋門老眈眈虎而翼我欲往叩之藤蘿迷石室

再和嗣首座五詩寄舒老微老

在昔董仲舒屈身相膠西窮經著繁露窺園廢扶藜而

我異於是清晨來灌畦雨餘聊自適微吟看斷蜺

黃生牛醫兒襟量包萬頃稱譏等夢事緩帶耳不領公

議如丹青千載煥且炳古人何必遠薄躬吾屢省

堂堂一舒翁道價融罄上煙霞斷塵緣那復知苦相會

將趨諸緣奪我事理障莫言霜滿顛矍鑠一何壯

嗣公丹鳳羽高笑破羣蛙汲引後來秀義俠如朱家出

語掩顏謝遊戲達摩耶卧讀春風句飛鴻澹墨斜
牧菴儋扳翁銳氣如平日明壁不可瑕宗蘭有餘苾何
嘗疲津梁苦鍛垂天翼索價無乃高孤峯問少室

送杲上人復往荊南

荊州老居士曾著進賢冠似欲專一壑其誰知孔鸞蒼
苔門巷秋不許造席客世無王粲流倒屣端不惜上人
宣城彥俊氣橫九州學道貧徹骨與世初無求馬駒大
道場屬者失宗匠欲銘窣堵波見此真漢相行乞千里

餘朔風枯葉顛曉踏澗下雪暝宿天邊烟赤手泛滄溟笑此太草草不為丞相嗔乃得照乘寶歸來寂無聞翠琰開險艱精衛既填海愚公果移山力貧辦行李復作南郡去游子多苦顔開士淡無慮霜風木颼颼便當賦式微日涉望烟靄扶筇遲來歸

奉贈歸宗才首座

五着匡山屐三息紫霄陰龔聞耶舍塔勢呑天姥岑俯窺鵰鶚背上聆鐘梵音未航蕭梁葦峻風先少林靈骨

化大璐鉅名偕南金松門欲韋葉苦雨每見臨才公三衢秀古貌又古心老胡即渠是宴坐藏幽深何用登紫霄自足披煩襟我過避秦客茗椀來相尋真成虎溪笑稍寬梁甫吟衲子歎雖伏道師非陸沉世多石窟病須下鼓山針

送寧上人歸淨慈

之子遠行邁眷言欵松門雲物起離色況乃聞清猿頗云吳會去飽參南山禪南山燕頷郎氣敵千人軍要當

理斷屐過我藝蘭蓀

寄珍首座

詩寧淺而靜不貴深而蕪觀公秋懷作峻潔仍紆餘譬之列華饌陸海盈中厨食蟹貴抱黃食魚先腹腴多入出或少我昔聞先儒年來病蹇拙意廣材復疎之子禪定起焚香滿晴虛坐看氤氳處緜緜詩思俱應作牛腰束能寄草堂無

題胡九齡畫夏景牛

陰岑不造天憩此老觳觫輟耕壟上來投閒慰心曲養牲奉嚴禋蓋用繭栗犢莫起陸沈悲焉知果非福

送敦詩遊臨川

呂郎客秦淮詩思翻秋濤徐郎憩瀟峯句壓天柱高相此兩公子信是千人豪叔也往從之似欲訴不遭探囊得長句如取綏山桃療饑非蒸砂禦寒必綈袍一簪未著身所得不補勞復為饑所驅未許學卧陶窮軍敵孤容如在蘭鏖皐幾成劉文叔須髮變二毛揩筇躡草鞋

進退似桔槔引領長江西沙頭喚魚舠金溪有謝侯曾
多畧與韜天資類文靖貌實中郎曹叔也往從之攻愁
解鞬橐毋輕歌驪駒不復吟畔牢待公捆載歸為我攜
蒲萄來賞傲霜菊一尊澆老饕

和季敵戲書

短草被南陌晴絲颺幽軒心靜境云寂默居宣妙言林
深鳥烏樂花繁蜂蝶喧是中即真意何須祇樹園

元夕高卧

伊昔宅闕輔門閭萃冠蓋停杯邀明月意氣殊藹藹春
風隨江城蒐獨顏鬢改糞除二畝地羊裘力薪採矯首
望舒圓何由賞心在煙村雜簫鼓叢祠響竽籟誰能伴
兒嬉頫復償睡債初驚釜鳴雷遽作濤擣海非關骨相
乇長閒荷真宰吾生計已決無勞問蓍蔡

宿西林寺有先特進及先學士詩

渡江送行人我行亦清興草木春路賒斜斜復整整獨
造此寶坊深穩庭宇靜複閣襯煙霞疎林泄鐘磬殘僧

澁對人短童工汲井杖屨若能神迴知茲遊勝楹閒盤
硬語恠底光炯炯追還曾高風熟復發深省來歸十陽
秋足不踐斯境猿鶴情未忘拾松來煮茗

何生用韻見寄復答之兼示小何

繞屋陰扶疎空堦蘚文皺懷人殊未來安得傾蓋舊好
鳥政相呼吟蛩俄應候夜夢嵇阮輩醉鄉須少留莫踏
肥馬塵我自貧馬瘦
水部有耳孫湖海胷中浩小陸復何人相逢歲亦早並

游蘇黄門我曹不容掃梧桐生朝陽要須聞鳴鳥雲中
遣馮唐據鞍未渠老

次韻答禹功兼簡周國振時禹功一夕泛舟歸
郡不及話離

攀蘿委松宿漱石看雲行松疎暝色漫雲度夕陰生若
人有高躅領畧遺世情聊為公府步冉冉復盈盈
蒼苔映槿墉商飈薄庭樹方期著屐來遽作張帆去擇
交如擇金披沙歘相遇慈明畏無雙偉節憖最怒

公抱青田姿俛啄家鷄羣徽之拄頰外遐矚西山雲莫

我藻鑒士（泗外老仙宜州桂吏）拱木蔽孤墳詎意王子敬晚乃知

羊欣

相望兩牛鳴頓覺千里別未別如懷氷別來三伏熱賴

有清暉吟當窗時玩閱音塵在我前悠然情話悅

飄飄顧曲郎恬愉仍靜深相逢何必早但貴相知心臨

博斯識道聞韶真賞音端須理三徑歲華多浸淫

王生以詩見貽次韻答之生視眘中環中實仲

父

渠渠太史門諸郎蓋當世大匠無棄材知人亦未易阿戎兩雲孫鬖鬖遺人畏難凡江南秀美比嘗託意歘為脩文郎不作活國士令弟老數奇禪寂甘窮賴時於翰墨場往往見高致揚州故時語奕奕好風氣獨識使君顏周禮秉早歲背城幾借一問學晚尤粹相逢且班荊十事欲九異何須張女彈端為建康醉請拋高門竿莫反魯麟袂花藥聘君湖暄風攬春思人生行樂耳餘事

栩栩寐崇蘭有國香寧以不服廢雖無雙南金可報緑綺惠此豈小物哉吾言未渠棄

杜欽之次淵明答龐參軍韻見送用韻答之

征南遠韻度諧絶皆妙言銀臺陳諫疏恥作賦免園手板聊拄頰爽氣來新篇臨窗無謝守僧珍自超然我遊赤壁下爲君且延緣周禮盡在魯驚嗟類韓宣侯鴈嚮横河遊子念故山行當理烟艇相期醉餘年

送潤上人歸宛陵

我昔遊宣城稚節等雛鳳稍知風物奇未解入嘲弄欻
爾鬢負霜歲月雜機綜唯有謝公亭頗復到清夢上人
宛陵秀禪餘喜吟諷胸中淡無畦妙覺自能種偶隨歐
峯雲悠然入茅棟談間無俗調不應亭午供誰云佳少
年意氣極莊重别我歸故山索我贈言送鄰邦古法窟
老衲妙擒縱伽黎宴湖海名字走梁宋吾其從之遊射
隼期必中勿學漢陰人終年徒抱甕

蒲塘道中寄懷歸宗迴中法闡法仁三僧

窻雞喚晨炊轂聲轉水轍出遨得會稽辦嚴未明發朔氣犯襟裾露華襲毛髮彷像濤沱河幽事期可悅旅雁起寒塘踈林耿明月挽彼歲寒姿然萁共明滅豈惟甦奚奴政可烘屐襪黎明詣蕭寺餉麋隨盥櫛風廊謔談僧蒲團尋老衲堂堂大圜照此渠親記荊緬懷湯惠休妙理頗詣絕超然宴法窟胷次包禹穴闡師遠遊孫卓卓霜下傑真成一角麟笑我緣盎鼈寂子延陵秀暉映敲冰雪渥洼真龍媒作駒已汗血刮膜藉金篦嘉言霏

玉屑德星每難聚顧兎復易缺紫霄上巑岏石鏡懸瑩
澈幽期不嫌頻難遣芳歲歇

次韻謝眺觀朝雨

涼飈起屋角微雲天際來摵摵荷上雨冉冉自陽臺軒
窓積餘潤竹樹絶纖埃懶放事幽屏柴扉為誰開肥遯
病使然黄門豈負哉可憐南巷翁攜魚柳貫腮餉我共
杯盞眷焉久徘徊憑虛耳熱後褰裳望蓬萊

奉同伯固駒甫師川聖功養直及阿虎尋春因

賦問柳尋花到野亭分得野字

曜靈運行春蘅若被原野客子具歸驂晅風挽羸馬屬國賢耳孫當代豪長者勝游參羊何重容或屈賈木末仲宣樓華榱大蘭若徐步幽屢尋銷憂日聊假手無垂露資發興為君寫晚過岱宗吏寥濶存大雅犧樽追三代琴筑觀九夏粲粲懸牙籤照眼不容捨歸酌顧建康我賓陪樽下雄豪先競病遲遯瀕喑啞匪惟稱行樂性靈賴陶冶他時儻重來更結離騷社

里儒程君窮居教弟子員喜雨作詩見貽次韻
謝之

柴門臨江臯炎蒸頗云極金椎無壯心火老有驕色慈雲辦甘雨雷掃不容隙勞生天邊月躔次飽更歷緬懷程夫子熱客難造席涵濡被童蒙肥瘠各有適瓌材搆露寒揮斤由匠石不邀里閭敬人自覯至德鄙夫極荒蕪何能臻壼域弱齡再鼓衰槖弓避勍敵蕭然專一丘非關與塵隔董生悲不遇而我異休戚高林收晚靄歸

鳥俱斂翼詩成獨微吟長懷矯雲翮

遊同安寺

雨歇漲江急野興聊胥疏漾舟拂林表擊汰驚飛鳧雲端僧坐夏遂造林公廬猊坐演妙理法筵滄海珠舌本落雄辯奔放懸江湖巽公庭宇淨爐煙常晏如畧無客造請杳黒耽眂盧吾家大長者惠光充太虛著論役天女寶笈負於菟開圖拜遺像悲嘆隨卷舒歸來掩關卧念冷無贏餘譬如能橐鞬境界自于于

和苦雨韻

春歸已獺祭微緑先道周衡門少燈火征夫竭乾餱雨工挽九河洊作南國憂君詩形苦詞高義薄中州歌聲滿天地窐物能聞不凡今世賢知耄及誰不偷唯我與之子炯炯定寡求安得習習風凍柹新萌抽遥山滌餘靄歸雲下巖幽紫鳯會騫翥百鳥勞喧啾蒼生得税駕王度日清休醉眼眩章句煩君為校讎

遊簡寂觀

仲夏暑方壯游子巾柴車崖斷眇空曠遂造羣仙居潤步烟靄外追涼晚風餘泉聲遠逾響猿挂時相呼仙人翔寥廓曽不念故廬蒼珉禮斗處往往聞笙竽我復恣雲卧悠然隘寰區妄念鼓不作長歗聊虛徐

奉酬蕭子植

太丘郿廟具活國方暢謀虎豹阨九關全軀荷靈脩元方嫺美度奮舌同尊周悠悠釋嶠雲亭亭留海陬别時閨中女娟娟未知愁小孺繡爛漫擷草鬬新柔甲子歘

流電窈窕今好逑擇對得妙士邁往氣横秋既逾絶塵到復軼黄中劉屬者過我廬並坐崖谷幽高標極逈映出語如寘搜想當飽四庫那肯事五樓回首問童稚頗有此客不分擕月屢𥁕好音俄見投蠻牋落大句豪潤仍清遒顧兹坦腹郎信矣百不憂側聞奏雲門總章定諮諏翁當乘安車姓名覆金甌氷清遂賜環徳星聚中州陋巷寡輪鞅寒煙滿林丘滌耳聽老語餘生復何求哦詩聊送似長懷付滇鷗

奉酬湖陰韋深道

淮南廢沐浴望漢三十秋丞相發蒙耳衛青奴隸儔終藉汲長孺毅然寢陰謀正人國之紀進退繫戚休鵷立聳朝著深藏耀巖幽湖陰有真隱趣尚協滄洲奇胸飽風霜大筆森戈矛急賢甚漁獵網羅英雋收終南與少室朝暮拔其尤胡為臥江津尚阻瞻冕旒顧令繭栗犢升禋薦圜丘開軒榜獨樂高躅追前修志士遺草澤餘波及湯流盍使山林尊豪奪不可求但恐赴隴書未能

逃大蒐嗟余牛馬走鬢斑年亦適煙霞入種藝松桂助颼飀書來挾妙句眷言頗綢繆乃知氣先感臭味還相侔詩成月生嶺迴溪上明樓

奉酬石元涇

往時萬石君諸郎皆孝秀身自浣廁牏已足垂不朽君侯驅卉木去病如滌垢以玆壽白髮不落西京後新章來全楚爽氣起懷袖覔句代寒温慙非報瓊玖

奉酬程子尚

彼美洛陽人貽我栢梁句艷雪敵清姸春雲多態度憶
昔郎官湖秋風落煙樹使君出程門蕭蕭髮垂素平時
仲尼履尚可藏武庫不見揚子雲欣與侯芭遇況茲得
小阮風流肖諸父曠懷滄洲期協我塵外趣尚無金玉
音歸鴻來枉渚

慶上人以再聞誦新作突過黃初詩為韻作十
詩見寄次韻酬之

鄱陽山水國東南一都會朗玉得斯人駸駸越流輩島

可不足吞支許欲追配新詩如紘簧窈眇歌一再
壁公釋門老室有芝蘭薫昔為一逢掖直諒頗多聞枯
禪百無染靜擁襄漢雲不隨兒女曹搴旗樹功勲
蟬噪嗟齊梁鳳鳴推沈宋諸人勤著脚何嘗窺妙用獨
有杜叅謀變態無與共絶唱冠古今孤高追惜誦
嘉平送餘運丘園先欲春東風堂堂來不畏北風嗔緬
想萱芽動高標壓常珍川岑互映徹草木俱鮮新
吾友韓子蒼霧豹閟關鑰一朝出陰崖蓬山真著作絶

倫共推讓痛掃淨瑕膜行矣貳紫微居然賦紅藥
材名參上流徙薪知曲突趣嚮期真源悟悦須法窟楚
謡與漢風要自非凡骨幻藥不可嘗靈根貴英發
我生如艅艎鏬漏頻補過涉世任風帆唱予聊復和髮
短巾屢歆食艱齒仍墮自嗟叔夜懶又疑武侯卧
軋軋寒女機織素工流黃何如風塵外翠袖倚脩篁幽
居渺天末肯傍霍衛牆饔人解竈處誰能染指嘗
田園本地著耕耘不忘初脩桑復浴種力作共征輸榮

名愧八俊典學欣三餘安敢望輗汲雲林常晏如子居招隱巖妙解招隱詩濟勝良有具幽討捷若馳秀峙王郎子斵句時相依異世得岳湛連璧真妍姿

九日奉呈元亮兄

窮秋風落山歲事幾轉軸蕭然四壁空觸眼困羈束我塵已生甑兄亦未有屋少也不如人自視真碌碌北阮烏賀蘭絕影追風足誰知薦圜丘乃用繭栗犢棄置勿復陳萬事蕉夢鹿渺渺天界高宫黄著畦菊能來慰艱

勤濁醪巾可漉雖無熊耳杯要自尊中滌屬饜謝珍羞
無禍可當福回觀夸奪兒往往如煩促

用前韻

離索未相逢情親在詩軸歸來兩丹楓詩作牛腰束妙
語挾風霜勁氣穿我屋眼中識慈明尊下慙小陸念昔
少年時洞庭思濯足援琴寫將歸臨河歎鳴犢正爾巢
一枝何勞排五鹿江闊洲渚寒微風泛時菊劇談斗低
昂露草復淋漉誰家酒杯寬滿引甕頭淥何知程衛尉

未暇顧藉福鼓拖牽牛河頓覺滄溟促

農家三首

力田徇所務蓐食赴其勞譬之賈欲贏疇能惡喧囂逢年未前期敢緩芟與薅春膏無偏頗多稼埋牛尻倉廩自茲實含飴弄兒曹

自我曾高時以有此土田一朝均租賦吏文沸相煎南鄰勢炙手北鄰富薰天歡聚烏合衆變詐揮金錢本心抑兼并瘠土賦委填如聞下温詔膏澤為洗湔但願多

樂歲彭腹常便便
牛羊腯以肥鴨鷄大且碩里正少經過誰能事烹擊年
豐大作社婦姑得紡績吾生本完膚箴砭困無疾十年
遭迫胥翻倒徒四壁從今得安眠絡緯鳴唧唧

聞官軍已破賊巢

海內政不苛民望罷危苦劇賊藏禍心全吳俄歗聚僭
號着赭黃竊發遽如許喧然大黠兵移檄插毛羽推轂
遣軍容壯士皆貔虎府縣調急夫騷動煩里旅富室齎

金壁細民攜婦女巖谷遠遁逃股慄畏刀鋸寒儒守松楸效死安忍去南風吹捷音破竹聞吉語聖朝乾坤大鼠輩敢予侮妖氛已盪盡和氣滿南土但願勤民瘼治安每危懼昨抱心腹痾砭劑得良愈要於七筋間毋忘伏枕慮諸公頗皐夔臨軒跨堯禹鄙夫芻蕘言庶幾資小補倚松一長吟停雲灑朝雨

呂信道以詩見遺作五字句報之

江州持月旦嚴於亞夫營君為倒屣客濩落四座驚我

從鄂沔來會面郛子城新詩照窗几頗復深而清作人
有佳處喜客家釀傾幽花不遣賞未免遭譏評何當小
拂掠擠飲罄玉餅

有慶上人數以詩見贈慶始學詩於祖可邇來
擺脫故步進而不已未可量也作短句以報之

晝公無恙時句吐春空雲筆端歛萬壑中聞清夜猿門
生霑賸馥派別自淵源深嶺蘿月妙縱觀嵐氣昏時蒙
一顧重騰驤空馬羣大師於越秀幽氣如芳蓀玉笈發

金籥瀾步登詞門脫畧塵外躅摩霄鬱飛翻豈惟足風
露定復多皇墳昨枉招隠句深靚麗且温挽我誘松桂
要移北山文諸郎短兵接此事獨策勲慭非鍾嶸評更
休知音論

自武寧捨舟度嶺投宿南山寺

水落晚灘澁雲生寒嶺昏捨舟步崎峯鬱蘿陟松門孤
烟望墟落浮林自一源野彴方屢渡槿籬時扣闇弄孫
何許翁夷面復鳥言問津了不解路窮斜谷分暝報古

蘭若鐘磬清塵根猶疑武陵客誤宿桃花村

遊真風觀

緣雲得支徑遂造幽人居夕風冒梁棟蒼苔上庭除仙崖衣襞積玉磬韻虛徐回首塵外躅浩歌將焉如

歸來堂爲韓子蒼題

出處無定在閱世關盛衰令德山林尊昭代丘園非達人解其趣頗復擇所歸淵明傲世故葛巾風欹欹偶隨出岫雲戲作三徑資少日辭吏去松菊親風期韓侯極

簡秀早蒙當宁知未吐五色綫小試聊補遺高詠少司
命乘風載雲旗一坐空無人安能免深排昨來天東壁
少欲乘泰階誤隨曉星去流落天南陲得縣篁竹中簿
領頗沈迷奈何訓詁筆反用催科為度堂痛掃溉勝氣
自爾隨風度𢠸戶急雲生梁棟遲不減田園居歸去將
安之窈窈青禁闥沈沈黄金閨至尊下溫詔羣公歌式
微行矣戒徂兩長吟收夕霏

曉發韋水道中有懷伯固駒甫師川養直效何

水部體以寄恨

幽窗未全曙百鳥忽忽鳴分袂會心侶歸艎葦水平寒
溫作回互適兹凋兩莫水南花未放水北柳渾青春物
幾點蕩浮雲俄變更念昨一笑適愁分兩地情縹瓷舉
桑落醒醉醉還醒

日涉園集卷一

欽定四庫全書

日涉園集卷二　　宋　李彭　撰

五言古詩

發故篋獲端石蟾蜍研形模極小蓋予幼小時
几案間物對之肅然如與故人相遇感而賦詩

誰從浴日淵得此頳虬卵雕鐫勞哲匠皤腹目仍睅良
非銅雀渴頻覺鳳咮短憶昔少年日濡毫輒塗竄蒼苔
時覓句賦雪起為亂麟經析凡例羲易明象彖冉冉桑

榆交忽忽顏鬢換發囊逢故人清夢聊為喚李膺交北
海中郎識元歎當時臨所遇與我意俱滿翻思辭學官
啜月復不淺起予剛直胸往往期并案願同戀棧馬作
我郊園伴新詩直類俳破睡資一粲

宿開先

建業未焚櫬蘇山實靈囿椎輪碧眼胡篤老勤井臼草
樹百經霜往事如運帚遠懷一味禪徒酌三昧酒尋源
徹河漢窈窕出幽竇卧看落山腰雙鳥起驚救稍深藤

蘿昏扶藜入徑取伽陀古録鈎般勤牧羊叟礪角煩羸牛外苞蘚紋皺往者不可作念切病軀瘦眼明逢島可秦度復畏友俯手攜阿連寘搜逃折柳竟亦不能奇荒蕪但如舊更須尋紫霄寒廳視牛斗

寄侍其雲叟

建業有高士幽棲閟嵓扃時從出岫雲縹緲來青冥昨者修水頭伴我騎長鯨貌古心更古膚清神愈清朝談織烏墜夜坐玉繩横辯舌不掛壁泊然忘譏訐嶧琴孤

風嘯鑾棊飛電鳴黎明投袂去霜風助揚舲自我不見子三占少微星殷勤行沙鴈素書每丁寧悠悠望塵友變態鴻毛輕盟血未曽乾飛語聊相傾少聞高士風汗下顔甚赬吾言葢有激因之見交情

宿雲居十住軒

塵事起濫觴洶洶濤頭聚對鏡眼生花尋幽心脫兔歐峯阻躋攀榆柳春再暮維時春作夏起我勤杖屨捫蘿蹷去蹊陟巘忘故步大壑埋白雲陰崖崩老樹縈紆幽

鳥道突兀升洞府龐眉老比丘倒屣蒙顧遇曽未契三
關遽已棲十佳暉暉天橫參稍稍窓送曙華鯨破短夢
山禽喚新句伊予羣念息亦遭回俗馭徒為三日留復
在邯鄲路

雪夜戲玉侯

望舒離金虎晚雨幻玉沙觸楹勢頗疾打窓風正斜西
家有勝士夢回筆生花孺人近行邁章江駐雲車銀屏
擁絳桃繡帳戲蘭芽蹔停短轅馭清歡春思賒陋巷笑

短李柴門蓬藋遮裋褐對孟光氷柱吟劉乂想君獨樂
時覓句剩欲誇脉脉無由語踈林集暝鵶

對雪

晏陰城郭昏窮巷寒意迈回飇卷玉塵稍稍凝曙露應
煩阿香手終日春薄暮獨鳥避寒柯驚麕迷故步木稼
達官怕向來聞此語擁絮卧北窓鼻端從栩栩

遣興

彌年倦行役丘園曠幽尋殷勤響晴哢為我貽好音棃

花映皓月猶作故時面歸來雪如花坐看花如霰中朝
懸美祿摧鋒號能軍而我於此時不武亦不文平生嚴
子陵故自狂奴態箕踞問君房素癡寧小差上馬須不
落起居善何如吾生行樂耳何用明區區

謝靈運詩云中為天地物今成鄙夫有取以為
韻遣興作十章兼寄雲叟

嚴霜知勁栢大節見固窮懷人居白下抱道立黃中秦
淮浩茫茫楚山耿叢叢胡為怯音素過盡南歸鴻

達士庶可慕勞生良足悲君看嘉賓黠何如方回癡榮
衰等湛露變更如劇棊冥冥萬事定何用機心為
學詩如食蜜甘芳無中邊陳言初務去晚乃換骨仙我
昔實知此老懶挽不前兒曹喜吟諷快意艷陽天
曩時阮步兵埋照每沈醉是身託麴蘖真若有所避誰
知名教中固自多樂地花氣雜和風相我曲肱睡
西京執戟郎老嗜杯中物觀其所著書澁讀由蹇吃劇
秦見平生何心窺髩鬚唯有四愁賦至今猶炳蔚

孔融天下士荀彧雙南金既爲阿瞞用復爲阿瞞擒獨
聞管幼安龍蟠滄海深難用固難殺耿光垂古今
器博無近用胷中要縱橫腐儒昧行藏寒總守一經營
營市道交務利如薰并無復典刑在況當觀老成
陽城海內豪隱居晉之鄙養此氷霰姿諫官安足起欲
沮延齡相悠悠自風靡何以昭無窮政賴有此爾
灌園如結廬畦蔬如養雛敏耘斯易壯稍惰或攘羭賣
菜厭求益得酒聊歌呼醒來北牕下解衣誦潛夫

幽雲生簷楹落日掛戶牖茂樹發華顛歸鳥鳴高柳春
風可憐人舉茲為我壽行樂當及時浮名竟何有

次韻呂居仁見寄

井鉎澹踈烟幽憂廢寒暑孤雲起幽巘澤物猶能雨殷
殷空裏雷何曽濡厚土燕鴻且長饑誰能投枉渚知心
不識面公子實楚楚五葉活國謀摩挲噤不吐勝日覔
羊何幽期得支許才高賦雎蜺識遠辨鼫鼠蘭蓀無異
縣臭味同此舉開歲欲問津夢逐寒江櫓

次九弟韻

觀山如觀畫入眼詩輒進厭則收卷之去留情不吝老境喜平夷落紙風雨迅誰能肝腎愁虛名媒疾疢屬閩殷國師已發吴越軔破竹擒諸偷長纓收犯順官軍將解嚴胸懷俱朗潤小鴈讀我詩出語亦遒峻流霞曒槁顔如彼潮有信但願吉語聞稱觴几斑鬢

次韻元亮行沙頭

甘雪餞餘運行春慰清愁曠懷萬物表妙趣寄滄洲視

我園中蔬陳根發新柔恨無清渭姿入涇不同流老鴈
唼菰蒲非忘稻粱謀天涯網羅密所以挽不留倚杖一
蕭散好鳥鳴林丘誰同北山老不動移文羞仲兄儻能
來長嘯狎鳧鷗

再次元亮韻

艇子打兩槳石城催莫愁不嫌波浪濶但懼水生洲大
堤多女兒草暖復桑柔盈盈成雅步皎皎臨清流翠釵
掛人冠自作橫陳謀非無一時好高懷詎能留朝歌回

墨翟饋藥逃東丘此豈聊復爾頗似憐包羞長吟望烟
際飛來雙白鷗

從弟用前韻作人日詩見寄復和以贈之

涉七日為人眷言空復愁既念禰處士骨驚鸚鵡洲更
憐劉太孫擇鄉得温柔二兒千金軀輕生隨轉流樽中
有歡伯一笑為爾謀白髮生如寄時駛不可留我有騰
化術長袂挹浮丘若言可持餉定免二子羞煩君一來
過春色著汀鷗

次閒叟見寄之韻

王侯氣邁往青春頗干禄任俠似朱家竄身脱究獄甘隨支遁遊不作子公牘着鞭投前地嗜山性尤酷遺民卧江漢無心謀半菽數面遂成親開懷注醽醁新聞倒青箱讜論尊黄屋禪參靈運前庭列山陰竹好乖當語離作惡徒滿腹西風掛席歸清談渴心足漢庭今側席公道追黄鵠莫作稻粱謀營營輩雞鶩我自宴山川坐嘯臨長谷

次瑛上人韻兼示駒父

營道烈心斲脫葉危欲霜遊子多苦顏世故定未忘解
包祇園下睽帶瑤林旁窈窕寄雲鴈萬事炊黃粱今君
華亭姿俛啄不得翔相期紬金匱妙趣諳方將

次韻謝吳國器見贈

眇然詩家流誰能補其處雋逸追莫還蕪蔓推不去譬
彼玉花虬絶塵須善御越女動鳴機纖纖工織素吳侯
勇於文銳氣發眉宇既度驊騮前邊幅時得覩寧當縛

徽官一掾妙三語病夫樗櫟姿耄及那受斧新詩欲招隱便自忘勞苦眷言謝心期顧公毋矯舉

三益齋

知人實未易定交良獨難勝已謝容悅有來期必端明公邁往姿勁氣摩諫垣確訒金石貫博極溟渤寛遺經起凡例射策凌孔鸞睥睨漢庭右言激壯士肝恥作子公書肯彈貢禹冠小試不盡妙銀章楚江干抱牘鴈鶩行欲作故時看彈治非柱後縮手心膽寒何嘗擾獄事

民自以不寛如卿未憖老此語垂不刊虚懷望三益閲此賢士關要須得偉人濶步来登壇拜公丈人行攝衣許躋攀反蒙補我劓況復親芝蘭會心在簡要我言真覺煩章成謝不敏猥并勞一删

廬山道中望天池諸寺

籃輿造林口暝色歸暮田槁木半揺落羣峰翠回旋翳翳雲門塔霏霏祇樹烟夕梵落雲際微鐘下遥天平時笑傲處真成觀輞川巖壑事難必賞心難捨旃還將九

節杖踏月上危顛

遊廬山懷叔粲季敵兼憶小子崐等次謝康樂

寄惠連韻

諸峯靄遐矚上與箕斗近西風吹人衣蕭然無畦畛烟霞入詩句欲吐初未忍但恨數往來幽棲愧真隱真隱如虛舟渺渺姑乘流何須長卿慢暮年稱倦游鐘鳴起菌閣天上隱瓊樓焉能誘松桂曠懷且少留少留平生歡看雲復長歎芝蘭念羯末薾栗惟雍端倚松聊停策

意遠縈層巒風駛烟尚積雨歇雲猶攢攢雲本無心孤猿響山陰俯瞰白鹿洞仰窺紫霄岑何時攜諸少清盟可重尋仲子日邊去歸鴉聞暮音

次環中韻蕭示蔡安叔

徵君遂偃蹇乃復肯見過清秋雨方闋斷蜺猶飲河高論到正始往往操吾戈相期守雌一功成樂婆娑步出雲雨上長嘯攜羊何

觀諸少移瑞香花詩皆屬意不淺次轉字韻戲

之

託諷本寓辭語亦要流轉歘觀移花作老眼頓忘倦勿

矜風露姿未入麒麟殿行將顧盼稱深衷自茲見

次韻并示劉四壯輿

浣衣起筮仕釣璜辭碧灣朝來玩西峯聊答馬曹閒寂

寥漢庭中二疏勇自退復有一子雲茅簷甘炙背

絕江遇大風

江流平兩堤艇子打雙槳西疇閱多稼北風吹巨浪諸

峯忽低昂飛鳧隨下上欲為舒嘯期茲焉廢心賞

喜聞纚武元亮有歸期

行雲無定姿況復出岫心因風著孤嶼悵望故山岑遊子在天末胡為成滯淫巽坎浩難期關河阻且深向來一紙書何啻萬黃金未射漢庭策不妨梁甫吟孤花春欲畫裏許要同斟

赴隣舍招

虛舟縱逸棹冉冉成老大隨食蟲寄居行年螘旋磨來

歸脩水頭視地不敢唾俚言亦屢陪灌畦常往佐每於休作時弄筆聊頻挫自謂老於斯晏然歌楚些年來尤屢空非關學高卧時節閭里歡觴豆競繁夥我獨蓬窻底達曙發清餓賴有竺乾書開顔真自賀近局可憐人雞黍起頹惰整冠禮甚脩坐客仍虛左浩歌為之傾樽為歌長破

題蘭亭脩禊圖

商飈吹漢皐水滿郎官湖枉策上秋興拂塵觀畫圖娟

然春風面觴詠聊歡娛中有超絕人鬚鬣多髭鬚筆端吐奇胸嶔鳳兼天吳草木方變衰安得蘭蕙俱生絹如無有酣放聞歌呼可憐謝餘杭沾醉欹坐隅詩慳遭重劾罰酒輸行厨遥遥數千里定交在須臾金谷望塵友鸞鳥何其愚嗟彼許敬宗握筆倚玉除將圖來此傳懸知不相如畫中見勝韻真欲誅姦訣臨風增想像俟鴈度晴虚

將遊雲居中途得佛鑑師到日涉簡徑歸

呼船凌曙江江空渺黄霧冥冥蜀魄啼嘖嘖寒雀哺道人大梁來折簡須晤語為迴緣雲策小緩攀天路元因會心期非關排俗馭青燈耿夜窻高談雜疎雨

東湖夜歸賦詩二章呈駒甫師川

春歸土膏動草際來和風風厲氣又嚴晏陰似窮冬崇蘭未含薰蔽芾蕭艾中仲長久埋照幽期得無功湖光起逶裔淑景復冲融連山倒垂碧落日半規紅不須勞意匠物色自無窮

弱齡百不堪寄傲及壯節從人笑數奇丘壑藏我拙客
夢潬水頭鄰鷄鳴枯楬荷鉏挾新詩一作柔懷哉清夜月
野桃欲着花幾見堪黍雪當還灌我園終歲飽葵蕨

讀西京雜記十三首次淵明讀山海經韻

南風吹新竹密密復疎疎脫冠眠北窓興不減精廬緬
思西京事聊開稚川書千古納眼界恍若巾幯車頓忘
在墐墉灌畦蒔佳蔬筆端真有口妙處天壤俱明如丹
青手百幅生綃圖舉似兒子曹矜誇還久如

恢恢樂遊苑遊樂蠲苦顔懷風森苯䔿吐花耀流年秣
驥無萬里銳氣陵天山妙哉苜蓿盤信矣非虛言
湛湛太液池氣接崑崙丘雕胡紫籜葦茂密誰能傳鳧
雛與鴈子遡波還復流偓佺騎黃鵠往往乘風遊
飛燕傾人國專夜居昭陽當時姊弟貴坐閱歲月長琉
璃作窗扉金翠粲以光無復聞勤儉敦朴追文皇
彼姝掖庭子王嬙端可憐咄嗟毛延壽媚嫵移遠山一
朝聘絕域艷麗復何言畫工戮幾盡遺恨抱當年

公孫發蒙耳猥作支厦木仲舒棄膠西白駒在空谷脫
粟飯故人安敢望薰沐齊人固多詐何由調玉燭
長卿還成都埋玉崑山陰謀醉鷫鸘裘癹然遯丘林賣
醪著犢鼻滌器揚巴音誰知子虛賦遽愜武皇心
子雲識奇字辨舌非所長有宅纔一區安貧固其常深
沈草玄腹如裹萬里糧苦心夢吐鳳流傳今未央
惠莊長安儒馳騁盤珠走廡藺藺粟犢五鹿不當負拊
心困劇談此中固多有口舌何足爭虛名千載後

淮南學神仙逸跡窮山海著書名鴻烈精爽凛然在宇
中挾風霜反躬忘寡悔空餘褭蹏金萬世將誰待
韓嫣佞幸徒𠍴曲承密旨長安有成言金丸不餓死乎
生鵕鸃冠於兹見操履安陵泣前魚炙手何可恃
侍中着貂璫非無事君志雜用儒家流仕宦譏不止漢
代從行幸親近固其理何嘗裨衮職所執玉虎子
馬遷下蠶室發憤見良才伯夷觀列傳寘報嗟從來含
悲復不遜安能避嫌猜高文垂箕斗斯士今悠哉

讀廬山記懷文若弟

茂樹遶茅棟鳴泉響屋除胷中了無累泛覽匡山書巖谷在眼界風煙來座隅時逢幽人語似與仙者俱昔在宗少文壁間留畫圖澄神可觀道卧遊良不踈嗟予何徒役山腰轉籃輿瞻焉懷靡及登臨將不殊聊憑西去烏殷勤問何如

陪趙傳道都護飲擬峴臺

平生羊荊州雅意垂不朽登臨發浩歎望秋怯蒲柳誰

知如湛者自可弊宇宙鄒郎不領畧甘言發訣口奈何千載餘卜築擬峴首我來勝氣生排霄峙山斗何暇知許事谿山攬明秀都護賢王孫為具掃愁帚晴嵐變晚靄霞綺粲高牖如開摩詰畫妙處落杯酒長嘯徙倚餘孤鴻沒南岫

遂初堂為仲仲題

長卿四壁立寥廓無贏餘子雲英妙姿有宅纔一區東山文靖公盛德壓海隅五畝綫不保翁仲泣遺墟張融

貧寄傲非水舩安居是皆知名士慷慨振古無雙椽與
寸梠乃爾未易圖頃年黃篾舫赤壁藏菰蒲尉曹得錢
侯孤枕吞平湖自言家吳會曽高結精廬挾權彼何人
連菌列鼎徒出奇斯無窮怡顏亭渠渠理世無寃民屢
上黃屋書竟爾完趙璧幸免攘公瑜赤手縛於菟幾發
壯士疽草木初無情和氣勻噓枯尋盟賀燕雀聲樂聞
烏烏獲鼎名其年作亭題遂初如公已克家得雄必充
閭我居日涉園養痾聊自娛卜築頗清曠風煙在衣裾

問舍經始難覺公言不誣詩成增想似踈鐘暝虛徐

晨起

晨起盼庭柯冲襟澹無營猶疑夜來暑幻作秋氣清蒨籬鳥雀語各自謀其生安能從物役月落修渚橫澹澹故園月暉暉垂屋星闌夕伴客語已復過我庭誰為旋其樞未覺顛兔靈要知本不動莫作流轉驚

宿康王觀

流水赴大壑孤雲耿松門風幡動林杪步屧烟景昏矯

掌侯幽討髙懷定誰論濁醪有佳趣溪魚供晚飧無名
窓外鳥催曙武陵原

重過康王觀

憶昔尋遠山停策康王谷煙昏鐘韻徹林茂鳥歸速羽
人雖稀少落日見樵收徘徊臨清溪溪魚白於玉並遊
幾何人槁葉下喬木回首十年夢前塵那可復欲去且
少留殘霞帶孤鷺

醉起

戀花歌晝眠汲泉醒午醉潛筠雅相攜侵堦那復避微
風過方塘鬱鬱送荷氣丘園羣卉木詮品識根柢譬之
足穀翁羸縮在心計借問有何好是中固多味

豫章通守李侯苦癱瘓卧舟中約予相見

雲斷夜來雨榜舟渡前溪波漲回汀沒林端遠岫微
人方抱瘵有約吾忍違夷猶理歸棹天末放朝暉

劉越石墓

蒼岑玉崢嶸寒林深窈窕石如馬鬣封其中藏二島匡

山當欵門烟扉耿相照瑤堦旣肪截侍女亦雲緲茲焉
諧所求蟬蛻出塵表自爾絶問津日月數過鳥摩挲坐
久如藤蘿欻猿獻

寄劉壯輿

曩者劉中允懸車未華顛騎牛澗谷底終歲飽風烟至
今草木閒餘光發幽妍祕書百鍊剛凜凜森戈鋋勁氣
睨汲黯高文儕史遷當時補袞流氣燄摩蒼天一語不
合意歸來枕書眠急流勇自退已度二疏前檢討少壯

時嗜學勘丹鉛微官裏黄綬雄名敵青錢聊為三徑資未減五柳賢薦書到禁闥信史多官聯仙署得董狐筆端直如絃季扎贏博垠歸興何翩翩掉頭不肯住引帆黄篾船昨來離山東喑黠羣兒喧一朝掛其冠謗語無由宣顧我牛馬走定交良有年相期實髙蹈飲潔鳴風蟬雖無元龍豪問舍仍求田同採陽岡薇共酌陰崖泉來往成二老庶使萬世傳

宿慧曰

幽窗著曙色匆匆烏烏啼軫念在遠蹔發軔離苕谿泉聲作好語挽客来招提老衲道機熟空洞了無疑霜鐘耿晴空上有垂露姿瞑隨噌吰聲直與雲漢齊摩挲不及去行雲會東歸鐘上有儋州題名云元豐七年九月二十三日眉山蘇某同參寥禪師登樓觀雨

喜元亮歸

念君赴修畛值此春事晏坐窓居人愁木末遊子遠平時樂羣心亦起隅津歎南風不解慍執熱要排遣好鳥

噪簷際氷玉來照眼歲華幾何時莫遣費牽挽茂椒儻
可人勤來或忘返

日涉園集卷二

欽定四庫全書

日涉園集卷三　　宋　李彭　撰

五言古詩

脩源

脩源寒皎鏡湛湛有餘地居然起灘瀨無復保夷粹人實不易知出處非細事懸知成小草何苦辭遠志饑求仁者衆不用濫乞米清言豈致患高誼世所韙君看陸平原華亭思鶴唳季野雖不言四時氣亦備一飽會有

時幽園動春意

宿翠巖

開門望西山歲月已云積及茲一登眺風雨送行役緣
雲路崎嶔廻澗鐘寂歷幽討良獨難微吟夜寥閴

呼酒告竭不果飲徒飲漿因次淵明述酒韻

貧賤俯中歲沒齒甘無聞藿食屢清餓勢與膏粱分斯
濫非我事濁醪餞歸雲壺觴從告竭不廢抱皇墳嘯歌
夜漫漫曜靈未能晨豈非杜康絕督郵那復馴壺漿當

觥飲舉白澆余唇飛霜凝暑路調齊何殷勤不堪餉親串一笑貽文君悠悠缺陷界本無猶與薰妄於天地間而生經緯文東丘終反魯仲淹世居汾懷寶何必售千載猶心親伊優與骯髒榮衰本同倫

小軒前菊花玉雪可念今年忽變鵞黄作詩小話

幽軒種佳菊得秋耀素華頗與塵外客特來當煮茶賞爾貞潔姿珂雪淨莫加令年日在房暉暉弄新葩誰令

色無主稍稍作此花長吟復三嗅亦復長嘆嗟汲泉詩
根本藍田待瓚芽

觀訪戴圖

閒庭秋草積滿砌蒼苔深忽向氷紈上聊窺訪戴心雪
月俱皎皎風林互森森縱觀停艫處猶聞擊汰音終身
剡溪曲何嘗返山陰徒言興已盡真妄誰能尋浮生同
盡爾慷慨為長吟

別何肅之

吾黨何水曹明窗飽書傳筆頭夢緗桃秀句出黄絹胸中萬壑氷壁月共凝遠未受沈范知苦乏崔魏見効官三徑資立節九秋幹隨牒修水濆未減潘懷縣誰知舞文吏抱牘進鳧雁頻苛困疲民欲作搏沙散談笑罷追胥老稚無遺愚春風吹城隅花柳俱紛衍胡為動歸艎徑去不受挽病夫卧幽園念離情莫遣營詩持送君愁雲横絶巘

遊資聖菴遇明光明祖首座

久從招提遊妙趣崖谷迴自謂頗造微何由昧斯境絳氣靄秋空白雪一作雲屯夜永華屋蔭脩椽皎月浮藻井懷袖逢阿師苶尊髮垂項簡默近道要虛夷發幽省念昨分手初霜飈虎溪冷及兹再會面老色藏秀整屬予妄緣息值子塵事屏循澗意無窮捫蘿度前嶺

寄雲居微首座

天星粲以繁斗杓横復直其誰移人間羅列遍阡陌綺紈沸笙竽觴酌事几席遥憐山阿人聽鐘夜寥闃孤峯

最高寒陰崖四時雪許分一派風淮我朱夏熱江皋春
事歸峰頭猶凜冽報子以迴飈草木亦欣悦
客有以贋銅香爐見貺者感而賦詩
巧匠資妙手斲泥冶金爐雲雷載皤腹金石礱慢膚外
質荷潤色中扃嗟厚誣巖巖金博山水沉與之俱青烟
耿朱火鬱窈凝空虛香色瞑華觴事見漢上題襟嘖薄滿座隅
謬當二器間顏泚意不舒如聞厭浮僞此物無贏餘勿
云識真少為謀良自踈

次徐十題承天壁韻

權門嗟来食諸郎願操瓢獨有聘君孫詩裁九牛腰南州翁仲泣祖風端未遥漢庭給扶人進退隨晚朝淩烟在何許潘鏡二毛彫抱瑟嬾来齊啜羹常見堯與子同臭味何時共儀韶

雲獅閣為簡寂賦

匡山苦霧裏衡曉度前溪定是柴桑老来尋陸鍊師誰復餐霞客天籟吹參差泉拖巖崖白雲生梁棟遲若憶

遼東鶴似聽淮南雞西鄰約惠遠同採此中薇

雨過清曉登鄰宮鐘閣

倦夜思重閣曙登興悠哉殿古木亦老江闊眼逾開宿雨風前落幽雲鏡裏来高懷無一尺客底悲徘徊書空復長嘯鳥雀莫相猜

泛舟 時從弟俱行兼懷從兄元亮

暄風吹天墟淑景来日涉繁花已舒顏晴哢復緩頰平生萬斛愁賴此短兵接俯攜諸少年清江玩舟楫波平

罷牽挽論高闢嚅囁緬懷荀慈明水霜胸中挾食貿傍
人門官學居建業向来济遂痁性命危脱葉勝遊夙昔
共大白常岌嶪回頭見小雁頗恨暮山疊何當奮飛去
碧雲端可躡

過淵明祠次還舊居韻

往者金華公賜環棘道歸荀輿過紫桑彷徨有餘悲荒
庭尚如舊物色人事非寒風起虚林木葉無復遺榛叢
傲霜菊詎肯相因依二事墮渺茫兹理未易推適堪作

廢朝衆芳俱未衰當有曠達人槖金傾一揮

北齋校書圖

嫣然粉面郎上馬能據鞍身非行祕書亦復磨鉛丹六

籍火攻餘渡河感亥豕毫端雖有神頗能正朋字

自褰通巽橋尋幽

谷鳥喚暝姿孤鐘生晚聽危橋澹忘歸巖壑耿相映瀠

洄見機泉竅窕入雲磴迴矚野寺門忽盡山陰興

醉中戲贈淳上人

上人湯休徒肯顧亦云屢衣上鳳栖雲辨我林壑雨殊方怨别餘苦乏碧雲句禪閒倘能來聊用慰衰暮

到家用環中韻呈玉侯

客子倦行役設席高軒過胡床語清夜皎皎天無河勃窣自理窟何勞觸干戈藺摧玉久折蕭艾空婆娑彊進忘憂物無如作病何

遊仙二首

昔日漢公昉畦瓜真人旁試此塵外姿持獻分甘芳神

丹為之壽千里還故鄉劾鼠得被具妙處固難忘雲生
五畝宅雞犬亦得將應持八瓊文往醻九霞觴
江叟冥寂士邈非蒭豢流悠然揚舲去路窮仍曲謳野
笛三弄罷變徵荆卿愁我懷乃昭曠興寄真滄洲只應
清夜鶴時過緱山頭

夜飲

公子敬愛客高會不知疲樽下殷勤歡只以慰數奇樂
憐張女彈舞卷秦王衣持觴不作難霑醉倒接䍦客子

歌言歸主稱露未晞

七夕

兒時聞天孫令夕聘河鼓鳴機應暫停飛鵲橋邊渡藁砧倦服箱捨策息怨語常時別經年雪涕作零雨念各非妙齡無復啼著曙癡兒去塞拙芳樽看核具頗憐柳柳州文字稍誇詡昔在臺省時模畫祕莫覩奈何吐憤辭投荒猶未悟性與是身俱巧拙有常度何能謁以獲詎有祈而去悠悠區中緣當令愛體素

得六弟書有歸期

茶鼎起松風明窓共昏旭孰令著征衣貧病為推轂畏途阻且長況茲加煩促忽傳尺素書歡喜三過讀蔽芾惡木蔭前脩慎其獨缺月耿孤桐歸雲赴深谷吾擬誦招隱殘章留予讀

晚登鐘樓即事

幽棲無熱客地僻自鳴蛙危樓一登眺晚涼清興賒踈林方寂歷惡木半槎枒五峯在北戶慰眼落玄花危檣

渡洲渚暮帆收日斜巒岡念徐稚去及東吳瓜雪山經幾許高士正浮楂南州苦牢落秋鱸寒可乂顧懷張校尉莫作賈長沙何繇致叩叩翠柏正啼鴉

夜聽從弟榮緒琴

涼月耿茂樹微風薄疎林令弟肯過我清夜撫鳴琴妙生徽軫外虛夷有遠心哀猿山暝嘯凝笳霜霽吟胡馬驚朔吹楚囚操南音王嬙穹廬泣校尉漢恩深翻令曠士懷數行下霑襟曲終頗清壯攫醳蠲煩淫亞夫軍細

柳令嚴夜沉沉我友擅丘壑頗遭難須侵營詩貌烟靄
辭慳負幽尋畫師雖無如滄浪一蹄涔藉爾山水曲軒
豁窮上岑勤來商略此勝處要同斟

掃除尚書公冢下

平原令僕射精鋭暢人謀當時焚諫草安知即山丘零
落三十年誰其追遠猷只今忠義風夜夜鳴松楸啼鳥
勸行沽催花生道周遺墟泣翁仲荒蹊風馬牛非無玉
樹郎抱關在中州悠悠生存子那得不沉憂

讀揚雄法言

子雲老暗事晚乃著一書經營極淺易艱深聊堊塗終身作雕蟲出語嗟壯夫苦笑屈原智頗憐晁錯愚丹青果變玉美新孰非諛我麟不可羈投閣將焉如侯芭痛領畧見謂老易徒小兒楊德祖鑒裁自不虛

擬古

彼美如花人如花復如玉嫁作征人妻别長歡日促拂掠可憐粧翠袖抱幽獨飛狐驛使斷交河無寸牘春著

罩梅繁風吹秦樹綠草生森茱蓴誰能辨脊菉啼裏花
成子愁聞筍為竹雨滴翡翠帷月上寒蛩褥稍知狹邪
遊能忘窈窕淑新人工參差故人勸杼軸惱堙為病媒
經緯有邊幅苦言餉夫君夫君當熟復告君君不知我
自蓺蘭菊

題洪駒父徐師川詩後

籍甚洪崖孫高寒欲無敵徐郎聘君後挺挺百夫特堂
堂無雙公戶外滿屨迹虎豹雄牙須儕流甘辟易徐詩

到平潛反自窮艱極周鼎無欵識賞音畧岑寂陰何不支梧少陵頗前席洪語自奇嶮餘子傷剽賊大似樊紹述文字各識職二子辨飣餖鄙夫與下客藜食薦鉶羹熊蹯雜象白殿最付公議吾言可以默

醉書

春風吹草木苯䔿換衰朽亦復吹我顏秖覺成老醜連呼醒酒氷來祛掃愁帚遣客我欲眠深憐柴桑叟

以形模婦女笑度量兒童輕為韻賦十詩

孟夏樹扶踈繞屋鬱青青了無俗士駕嘯歌頗忘形洩
雲祕前峯瀉雨自神屏蔬盂有妙理未減五侯鯖
清晨澹無營按行瓜芋區二雛能拜起嬰兒千里駒抗
顏捋髭鬚酤酒提葫蘆幸非李元禮何勞為楷模
潛筍穿屋頭幽草圍舍後手攜東皐書竟熟俱上口詩
無擬澄江文不誇幼婦婆娑丘壑底藏此牛馬走
丈夫志四海搏風類鵬舉方其未遇時潔身閨中女晝
伏夜動者貪冒如倉鼠炯炯抱名誼所慎在出處

我有百衲琴巴渝不同調三疊太古音那免世驚笑彼
哉遇嗾徒睥睨追風驃幼輿雖折齒初不妨吟歗
謝公東山時徽侯等塵霧一朝畏桓温攝衣忘雅素忽
著進賢冠頓失滄洲趣勇退真難忘天末横雲度
昔者温簡與王屋頗清曠建封禮為羅非復無度量落
膽劾權臣寵街速官謗戀棧胡不歸猿鶴儼惆悵
少室拾遺公許身頗與箕韓侯為推轂俯交軒冕兒獻
榮盡淮寇犯顏立丹墀未免誘松桂應遭北山移

尋壑遂飛鳥持觴送歸鴻不解世俗書稽古何所蒙久
矣川效珍矧兹山不童應容陶隱居佳眠聽松風
舉世市道交誰能保榮名譬之多財賈惡罵安得羸一
身拱璧重萬事秋毫輕向來冥寂士飄然遂遐征

七月十九夜有大星霣于西北

迢迢天漢星寂寂夜未艾孰居無事中差次若璣貝向
來西北隅煒然獨顛沛彼蒼既悠遠神理滋茫昧豈君
坐遂客無乃勇自退噬彼亦何為竟夕屹相對絡緯啼

井欄和我微吟内
五月二十四日晨起隔壁聞季敵營詩戲作此
嘲之
阿敵覓新詩蹤跡真詭秘如偷發關鍵大懼驚鄰里微吟蟲得秋幽討蟲搜耳排句歸陣鴻細字列行蟻詩成膽力壯巨軸書側理遠寄賞音人稍欲見名字但求皇甫序何暇公榮醴吾言可並案嘲竟聊自洗
巢雲亭

山柳排晴空羣峯助高寒危亭踞上游不在世網間曉
窓飛鳥度暮簷餘雨還興多仲宣樓勢肩天姥山落筆
睨前輩血指空汗顔金華牧羊客句回造物慳眼界無
一尺辭源溟渤寬會當踐不朽夜郎令賜環

芰香亭

束髮事明主遇合誠獨難譬彼佩犢翁穮蓘功貴完明
府真權奇汗溝沫流丹雅意獨當御未享苜蓿盤詔許
上紫殿占對隨孔鸞底事寢不報鼓船下風湍顧兹未

逢年于我頗復安治道貴清浄稚耋家相歡衍楊生木
雞椿蕪雞西園方塘每製芰澤畔思紉蘭靈修方布席
下詔應賜環勿墮逐臣淚去躡青雲端

浄薌亭

校讐淇園姿勁特傲霜雹論交不滿眼入社難湊泊賴
有此檀欒嫣然時解籜風枝兼雨葉調度固不惡結實
何離離開花紛莫莫鳳鳥當来過歳華令異昨

夜坐食蛤蜊

絖絖寒鼓鳴稍稍華月上蒲蕚蔽幽齋夜鼎驚暗浪但
見黽蛤蝌許事付塵块獲殼雖外緘甘腴實天相霜臍
胄抱黃雀醢誇挾纊江瑶初脫柱蠔山憐疊嶂盤飧得
此生風期特高亮如跨大宛兒凡馬羞駿駔嗟予鬢成
絲山林真獨往會心不在遠坐有濠濮想

敦好軒

會心誠獨難托契復何有曩揩有遺言定交於杵臼此
風頗淪胥射利一相就口血曾未乾轉盼忽賣友夙心

何由敦聊與眷眷偶是中白頭新嘉德真耐久恍如對
華觴心醉不在酒誓言山若礪此好那容朽商飈振庭
梧明河掛箕斗

題范贊府覔先春亭

范叔老不衰周禮素獨秉素標垂青衫不厭官踪冷抱
犢雁鶩行色笑辨儀須園涉寒未餞和氣君先領霜花
吐幽香煙柳發新穎大鈞無私酬播物厚玆境仁人所
遊居寒感甘遠屛要當均此施草木清晝永

錢仲仲乞靜照軒詩取逸少所謂靜照在忘求云

往者多逸想山陰時見之肯持圭組面自塵丘壑姿奇偉不少貸確訒無纖遺保全勝東山出語曾未思巢許逢稷契何由致於斯乃比石衛尉此老端不為觀其誓墓作豈復隨家難忘求在靜照定體發光輝誰料百代下領此無言師元非折腰具聊復尉河西開軒延勝氣不許賸客隨凜然廉藺風坐用談笑追懸知杜武庫時

與河陽期持觴望天末雲樹相參差直恐永和日未能
相盛衰徑須晝幽處公莫惜鷰溪

阻風濤溢浦捨舟由山北以歸

自發郎官湖挂席如江練繫舟潯陽郭風濤中夜變檇
弩坐菰蒲鶩歎雜鳧雁明當度山椒聊寬故園眼

諸人絕江遊同安大風濤作予適病眩不能渡

平生湖海心舟檝雅所便揚舲欲尋山風濤忽掀掀中
途得眩疾跨馬如乘船誰能於此時絕江歌叩舷寧費

賞心晤歸作甕牖眠壯哉二三子蚩點儒不前顧慙謝
公嘯幸免季野憐延目望斜照歸路山蒼然

用陳觀韻寄廣心敦詩兼示陳

卧痾春帶賒抱獨眉宇皺欻懷北阮貧既親亦有舊歸
歟渺前期騎氣勞侍後暄風攬客衣勝處當宿留遺我
次公嘲知君杜陵瘦

陳侯探禹穴辭源何浩浩佳處似陰鏗丘里得名早吾
家習主簿筆頭妙揮掃花繁漢署香春事隨花鳥快裁

兩牛腰何代無賀老

四月十八日過師賢留飲歸用前韻寄師賢

避俗非避世擇交欣擇鄉共泛忘憂物聽雨對胡床江湖繫舴艋夜窓燈火涼論詩中鳴鏑辭源注方塘韋杜骨已朽誰焚更生香我纔肩培塿君自發氏房主人能曉此藻繪已埋藏破涕欲為笑横膺復怏怏行矣勿復道孽狐政為祥

離雲居道中偶成寄徽先馳恭首座

久樂巖中趣未覺身世拙冬暖愁雲開歲晏塵事歇山
靈招我遊草木亦欣悅黃松少穉羔蒼崖對宿雪山川
誰斷取擎在仇池穴蔡公雨花手徽公傲霜節喚（一作睡）
起隨粥魚談餘餞山月兩禪過虎溪一笑頗清絕歸來
武陵春欲向幽人説

日涉園集卷三

欽定四庫全書

日涉園集卷四　　宋　李彭　撰

五言古詩

寄微先馳

雲横暮鍾微窓含遠山曙卷祴正佳眠候雁送寒暑覲君弄泉手豈是縫裳具獨鳥不西南長懐天際樹

寄徐聖功

暄風緣隙來窈窕過我廬新花已集目弱柳復藏烏故

人慳音素定知中密跡客從西縣來問訊聊可娛幽窓
含暝色亮月麗高隅意逐前雲去徵鐘尚虚徐

以酒渴愛江清為韻寄秦廿四

春風草際歸旅客向杯酒觀化發珍藏俱為鄙夫有雖
無雅頌姿稾之維楊柳賞春良獨難深憐魯中叟
倦游文園令病肺仍消渴句斡造化機雲霞互轇轕慢
世誰與儔强議從夸奪誠哉死諸葛能走生仲達
通籍金閨人物望倖鼎鼐醉卧古藤陰一往無復再卒

業有劉歆學富仍多愛定持柯亭竹𨔛日吹丹塞
玄暉擅江左遠岫列雲窓佳句神其吐律身未敦龎胡
爲犯奇禍雙流帶二江將知嗟耄及懷寶聽迷邦
隋河苦黄濁不亂長淮清秦郎久埋照餘子秖平平詞
林得此士隱若楚方城風流不頓盡驚人聞一鳴
用韻寄潘仲達
淵明解真意欲辯斯忘言我亦厭苦相頽復叅雞園潘
侯隱於酒早悟道遥篇兩髯俱似戟空洞復昭然不作

逐貧賦共結貧中緣臨江弔公瑾登樓懷仲宣何須畫麟閣從渠定天山君看持漢節白首自丁年

寄甘露滅

疵賤楚江濆真遭女嬃罵自無交呂心從猜追信詐頗耽麴米春寒柯一壺挂戲逃蘇晉禪時赴拾遺社念我眼中人十燭九已灺向來支道林得禍不能嫁解羈蛩霧中萬事頓高謝奇胸挾風濤吐句端可怕何時織錦機緯經聊一借懷哉付短章參旗耿寒夜

次韻寄錢仲仲

簡秀歎真長韶潤思阮裕眼中人物衰政爾用金注吳産尚父孫思脱塵中屢嗜學頗驚奇於我實肺腑高材堪遺補伐氷非所慕時於鼓吹間自得鳴鵠句妙語隨霜飈識我丘園路賞音吾敢辭當傳太沖賦

次陶淵明贈羊長史韻寄李翅叟

遺民百念冷中歲多囍虞不希咸陽賈頻有旁行書李侯妙德望閒雅亦甚都南郡此名流聞聲十年逾披雲

落星灣情留厭歸輿只今丘園夢君與川岑俱胷中書零亂清言不躊躇囊時楚道因風神頗相如此翁蟬脫去詞林遂榛蕪迺於羣憂中孤笑成歡娛冷官類逃禪未滅漢庭疏何時招隱巖追涼遅望舒

還日涉寄吳世良

白珩藍田生赤驥渥洼種異產非其源定自難入用吳侯掌武孫九鼎家世重筮仕如挽强妙手一一中抱櫝鳧雁行嚴憚安得縱捐金購奇書嗜學有餘勇鄴侯空

插架而子頗成誦昨日章水頭春風吹客夢開筵置清
醴落月流晝棟念子不負丞義士色為動梯山貢楛矢
効珍出銀甕胡為百僚底歲月數賓送天邊賞音意推
轂亦云衆他年解組歸三徑著求仲

次九弟遊雲居韻兼簡鄭禹功博士

幽棲捐衆累塵事猶抗行浮湛太古相却掃何癡生祇
園有勝踐蒼崖無俗情筍輿度絶壑雷雨下滿盈
矯首出巖幽斜日耿煙樹玄蟬斷續鳴鷩麏縱橫去未

窮山海迹盋馬賞心遇絶勝馳康莊車輕馬仍怒
博士麟一角曠世獨秀羣胷中藏箕潁筆端生風雲平
視楚倚相陋矣知三墳佛界飽遊衍草木俱欣欣
阿彤荷衣時迺與此山别願言奉巾屨不復苦炎熱歸
來出新詩老眼聊一閲雖非天姥句淺浄亦可悦
病夫世味薄野處隨年深以彼有限景寫我無窮心緬
懷太沖語山水有清音時尋松桂約勿遣嘲書淫

次韻謝眺直中書省詩寄馮彥爲

泰階就平夷風軌肅恢敞内樞方暢謀吳岫儀嬌掌富貴踐危機紛華嬰世網諸生經濟心緩帶赤霄上黄金買蛾眉歌臺爭暖響未聞舜九官責友變俯仰重瞳垂衣裳闔闢詄蕩蕩均勞當賜環看公被嘉賞

次韻謝朓京路夜發寄六弟書因以督其歸

問津實知津阮屐穿幾兩東褰徑巑岏呼船凌泱漭老餘風埃顏枯槁日日上屛居二十載寡求每自廣眷言季行役清音當見賞聲華慎交綏物色易搖蕩得雋早

歸來毋為勤掉鞅

寄郭循正

粲粲有道孫丰姿復亂眞養氣如晴虹照映塞外春好大有餘韻雨墊烏角巾典學萬人敵談笑五臺賓篆肇壓秦相翻笑蔡有鄰長袖果善舞巨賈藏百珍豈繄寂寞中見此妙入神平生樂聞善況我骨肉親孟堅贊炎漢揚雄賦逐貧

次謝宣城出新林浦向板橋韻寄汪彦章

名郎摩霄翼徑逐先賢鶩奇胸如洞庭中藏萬烟樹憶
昨易前期寒暑亦云屢雖聯臺省班未減江湖趣老境
專一丘病著隨所寓何時過我來嘗柑噀香霧

寄陳無感

憶昔悵有違平湖柏天漲公乘美滿風乘興破巨浪我
歸茅屋底念切情惝怳中間忽抱瘵此病最元妄伏枕
辭鳴蟬秋風吹倚杖緬懷醉夷門獻詠真愜當頗復持
漫刺曳裾謁丞相曩者金石交爲子傾家釀膚清神更

清年壯思亦壯蘭臺要給札抒寫不流宕讜言動主意
湛恩慰人望歸帆拂五老停艫當疊嶂不忘茗果期烟
扉聊一訪

余與劉壯輿先大父屯田父祕丞為契家壯輿
又與予厚不數年皆下世今過其故居

劉郎平昔居門巷草芊芊念我眼中人骨驚淚潺湲中
允實高蹈倦遊自丁年問舍得匡廬卜宅如澗瀍懸車
著屋山騎牛弄寒泉秘書極精鋭筆下走百川口戈擊

姦佞直聲寰宇喧諸郎排候雁一一落雲天獨餘漫郎
叟高名星斗聯辟書日夜催援毫錄羣仙幾負喪明責
挂冠遂言旋中河忽墜月半岳遽摧巔孤嫠俱幽憤一
仆無復痊傳家惟蔡琰擇婿得鮑宣驅車官殊方衡宇
頹荒阡壞壁蝸篆滿小窗蛛網懸翠靄遠山暝蒼苔修
竹連往時所憩樹相與聽鳴蟬忽逢持斧翁蓧欑青行
纏採薪收斜日伐竹破蹤烟沉痛迫中腸裂回不能前
高明鬼得瞰豈弟神所捐微吟復淒斷暮角西風傳

予與謝幼槃董瞿老諸人往在臨川甚昵幼槃已在鬼録後五年復與瞿老會宿于星渚是夕大風雨因誦蘇州誰知風雨夜復此對床眠之句歸賦十章以寄

賸客苦填委神交多乖離静言數存沒驚風邈難追水清石自見山高鳥鳴悲一盃且相屬何庸記吾誰

久矣羌山遊幽討無復遺如觀侏儒節觸類或可推山靈厚相戲傲以所不知故放出岫雲變更無定姿

憶昨謝幼輿宜著丘壑中論交麴蘗底愁絕連樽空自
我失此士清夢隨歸鴻封胡與羯末安知無餘風
高臺擬峴首孤峯凌天姥與子各壯年車輕馬亦怒歲
月忽欺人于邁不可補詎知喚仍回蔡床同夜雨
誰其妙丹青將軍獨曹霸能開生面姿拂絹貌照夜偉
哉千載後萬金不當價吾欲評斯文善學如善畫
却老煩青精度歲掘黄獨長乘下澤車何煩挾丹轂嗟
我盛年非常恐不可復永結交舊歡阿謨甘碌碌

吾憐阮嗣宗口不挂臧否是眼何親疎青白生譽毀照
鄰殆庶者穎脫當悟此本心如虛空何嘗受塵滓
曩時太傅公日下欲無對富貴恐不免大節在顯晦一
朝出東山勲業到鼎彝眷言固窮士難進思易退
脂車離郊園潛筠人許長歸來十畝陰繚節已儲霜畦
畛日將蕪況復病在牀亭亭望五老煙雲晚蒼茫
渚蒲方蒨絢汀草亦芊緜扶藜數過島蕩槳看歸船董
子有來約要在秋風前已辦河朔飲更哦陶令篇

喜遇洪仲本于山南以蟬噪林逾靜鳥鳴山更幽為韻作十詩寄之兼呈駒父

萬壑無定姿勝處如風烟愛山亦尤物常怵他人先湊屬矯雲翩酬酢合風蟬終日松路永沖襟頗蕭然

故人隔秋水夢往寧可到山南會心處不負乾鵲噪留

中如陰雨百穀仰一膏嘉德向來深此事神所勞

明月出東壁歷井復捫參如我飲歡伯了無經世心土

膏富畦壠濁醪有常斟鳥語復見廣浩蕩栖雲林

遊目霄壤間稟生不可逾企躍有定在嗜好真殊途超
詣方獨往安然鐘鼎娛嗟彼强聒士營營竟何如
老圃志沉鬱久哉官悰冷道廣雖難周恬愉境元静著
書雪明窓垂老真雋永諸郎汗血姿一一皆絶影
窓上飛野馬池中鳴山鳥俯仰幾何時秋林風嫋嫋髙
懷凡情盡虛齋塵事少臥讀若耶詩意寄在雲表
緑髮嗜翰墨課日成章程耽思且旁訊僅有能詩聲老
語如凍芋時時强抽萌公等極英妙每聞鸞鳳鳴

禹金貢九牧鑄鼎知神姦博學如地負能發鍵與闢奇
貨只希價妙語期藏山要當繼三代何勞追二班
豺祭秋事歸蓐收遂為政爽氣挾曙來風露頗輝映祛
我中夜嬾起予維摩病回首問炎蒸暴虐子難更
倚杖覽清曠江臯事事幽戰勝名義府策勲逾徹侯世
故每情得塵緣成語偷長吟撫孤松濯足清江流

蔡州顏魯公祠

孤雲亦羣遊勁柏受遠託烈士懷貞心肯勞常情度堂

堂顏太師立朝獨莊諤太宗柱石衰中夜懸六博朝廷
冠劍人孤君資元惡公當蔡州鋒活國立然諾頭顱危
一葉舌本末渠弱恥為蘇屬國華顛圖麟閣想當凶焰
時直氣森噴薄廟貌存典刑社鼓追冥漠我生當昭代
何憾涕横落浩歌招遊魂白眼瞪寥廓

聽了公孫彈琴

商飈吹菰蒲船官停雙槳中有陳太丘堂堂道彌廣容
我拜牀下凜然增妙想碧洞名家兒侍立姿閑爽取琴

爲我彈襟懷自恢朗蘭芽弄徽絃巖谷發佳響迺翁琮
璧姿風氣日豪上一言犯台鼎放逐金波漲郎君翠眉
低沉憂雜悲壯滄海連三山攫醳共消長生離有如此
十年違色養推手且罷休夕嵐橫莽蒼

倦夜

倦夜苦夜短追涼卧前楹清飈颯然至滓穢開天經月
在房心間木末相將明頻年困杭稌何足糁藜羹一飽
吾可必呼兒斟綠醽酣歌幾達曙露下濕流螢

雨坐遣心

孟夏始三氣暑還自何鄉稍稍切肌骨病著徑卧牀雲從甌峯來將雨送微涼容與過朝市殷勤洒林塘幽窓多僧氣頗帶山茶香縹思隨歸雲冉冉列禪房此物方料理陰崖容伏藏火老恐愈濁熏煮猶未央會當餞山靈時來呵不祥

讀左氏

麟經書王法聖筆行天誅丘明發其藴磊磊照九隅奈

何蠒栗犢命曰相斫書世不足董狐殺青議其霞無煩
家置喙槼若夜占斗舌本未暇澆但自飲醇酎

送嗣行叟住雲巖

昔在馮光祿精兵伐莎車大宛獻象龍權奇天馬駒朝
趨不動塵歷塊暮過都銀鞍香羅帕晞驥行坦途一朝
伏轅下局促時長吁霜蹄繞羊腸翻思在坰娛復闤郭
槖駝種藝絕代無擢秀土膏動安恬肆紆餘儕流失妙
理靜躁由來殊木性不受觸剥膚驗榮枯柳侯為作傳

臨民真楷模嗣公武夷秀淡然雲水徒風期壓支遁淵源從老盧膏肓在巖壑浩浩不可汙屢辭公侯聘煙霞閟團蒲忽著垢墨衣俯身蛙黽區我本佛國淨示見穢土居譬之噴玉姿驤首徑崎嶇雖懷萬里氣詎可輕艱虞亦如蒔卉木涵養須敷腴根節藏蠹蝎安忍不剔除名駒即商鑒種術毋令踈蛛蝨或蓬蓽三言成於菟顧公置座右愛之良不誣夜窓為長吟霜飈響高梧

次九弟阻雪不得遊雲居韵

憶女垂九齡尋幽非舊常兩鬢忽如棘歌聲類蒙莊山
色故無恙老者須眉蒼載之著車後誰言山路長每逢
勝絕處賦詩要難忘大雪渺空曠清境詎可望燭龍何
時來銜曜發輝光長懷亦云極烟渚聞鶖鶬

雨後望雲居

愛山勇成癖巖壑羅心胷政使詣幽絕何如天際逢春
雨雲斷續蔽虧歐岌峯如我金石交渺然曠音容眼邊
出突兀煙霞更葱蘢方營五字賞鳥下醉吟中

聞蘇大養直同李子充遊雲居作此詩招之

人心各如面石交定難逢吾觀蘇夫子眞有古人風自開蔣生徑日望求羊蹤乃攜李長吉上我歐岌峯羌山落君手稍欲吞附庸練練峯上雲蕭蕭巖際松想當岸綸巾嘯傲驚歸鴻我有浣花竹隔林聞曙鐘幽禽發佳響亦足披心胷何當小休轡一尊聊此同

再次阿敵韻寄舒大士兼簡徽首座

風窓生晩聽雨砌耀宵行斜柯橫吹度緣堦細草生片

月懸屋角嬋娟有餘情世味了無取虛懷浩難盈
言念山阿人臨崖九秋樹袖手謝鼎來屬訣推不去兀
爾自忘緣湛然隨所遇稱譏洶濤波渤澥恬喜怒
我亦樂清曠頗甘去人羣回觀蔭華軒澹如秋空雲二
桃殺三士纍纍蕩陰墳吾廬蔽牀席有託衆鳥欣
室邇會面稀軔發分首别緬思耐久交不為翁翁熱祇
夜在貝多有懷時間閱嚬呻三昧起燕坐眞適悦
異產徼開士膏肓巖穴深向來避小草于今有遠心懸

知軒轅律定非桑濮音寒藤且高閣川塗多毒淫

端午

鄭袖椒房寵音容勝莫愁多情上官郎朝夕侍冕旒從來秋水好見謂繞指柔何堪女嬃詈竟與馮夷游至今荆楚兒奮舟競長流重華改前度歸翮起南州莫作古時恨静聽羣歌謳

北牕睡起有懷吳世南

曩時謝仁祖蕭散北牖下捍撥響鵾絃天際頗閒暇淵

明曲肱臥餘事眼不挂便欲俯羲皇涼颸助矜詫縱觀
兩郎傳明如丹青畫獨於避俗翁英姿猶可借此翁多
新詩天成妙風雅不從人間來句法殆神化伊予綠髮
時奮舌談王霸中歲懶問津銳意學耕稼一往二十年
了不畏嘲罵性初嗜清醥病見杯勺怕徑作雲腮眠端
回俗流駕緬懷吳朝歌南州滿聲價虎脊天廄姿未覆
香羅帕顧我迺神交素書每盈把何時遂飛蓋西園樂
清夜微吟望天末虛懷聊空寫

病中有懷

江城春事還溫風攬清晝花藥綵以繁好鳥俱應候客中維摩病何心折楊柳黃鸝勸窺園於我意頗厚緬懷趙明府傾蓋真若舊翩翩佳公子奕奕名世胄筆可扛龍文識足辨竈卣何當與若人長嘯向宇宙

有懷張掾師言

戶牖烟霞積池塘蒲稗深幽鳥如交友招喚出疎林懷人隔溢浦終朝梁甫吟別鵠太古洛徽絃寫瑤琴誰能

領斯妙士貴相知心僧彌非謝守其誰能賞音深衷若爲寄長歎看遥岑

有懷鄭禹功

吏隱專一壑才名橫九州袖手煙雨外坐看江漢流斯人美無度孤標可鎮浮窮居白日靜蒼苔門巷周永懷不可見臺笠向西疇

夜坐懷師川戲效南朝沈炯體

鼠齧觸蠻兵客夢寒窓短牛斗挂闌干起視夜參半虎

頭丹青手欲畫澀回腕免尖渴陶泓得句亦不漫龍沙
懷石友羽觴舊無算蛇飛梵王壁絡繹壯神觀馬踏吳
沙歸轉眄歳月換羊腸自詰曲馳道方晏晏猿攜古茇
花悟罷如氷泮雞園談妙口當我一笑粲狗監浪延譽
凌雲非吾願豬蹄遂汙邪舉世良可歎

雪晚望懷子充宗弟

歸雲度山椒木末留夕照騂翩銜尾鴉不復明楚調安
知牛尻沒便岀豐年笑南阮有偉人領畧造意表端變

突不煙岑寂有餘妙簡遠到安豐邁往同逸少頗教弟
子員鉛槧發清輿誰可相推轂僅自免鐫譙閱月不傳
音紫門跡如掃藜床還睡債癭杯敦夙好為君短長吟
扶笻送飛鳥

懷子充復次間字韻

彌年曠不接耿耿心未闌緣何税君鞅飽看江西山追
涼故園樹待月房心間君歸有後約悵望何時還

元亮詩次玉局翁過二李故居韻賞僕作草堂

于故園同賦一章

兄家咸陽公餘澤被巖麓怪底多珪璋藍田自生玉我獨出衰緒嗜酒仍愛竹晝眠殷晴雷看雲腰不東作堂延野色風吹草心綠情閒飛鳥親相呼瞑投宿往往遼東鶴來栖手栽木心期得幽子浩歌去邊幅抱甕同灌畦牽蘿來補屋修文不無人付渠調玉燭

董真人煉丹井

董子侯官秀養真匡山陰瓊田藝金穀絳雪飛瑶林種

杳令虎守償稲見本心淮南雞犬仙舐鼎昇瑶岑寒泉
洌舊井遺風猶至今我來濯鬚眉憑虛欲鬖鬖稅駕不
忍去遂歌梁父吟

日涉園集卷四

日涉園集卷五

宋　李彭　撰

七言古詩

聽侍其雲叟琴

君家建鄴城東頭捲簾卧對長淮流除書謗書不到耳
空洞腹中無片愁白浪從高尾官閣清夜無人響猿鶴
琴聲時復一挑之北斗横天月將落御風過我故山岑
一寫太古之清音當春風動為淒緊波底時聞龍一吟

坐觀人琴成二妙覺來形穢顏枯槁伯牙袖手意有餘
請公臨流一舒嘯

聽程道士琴

鵾絃鐵撥世多有玉箏銀甲嗟凡陋平生綠綺醒心泉
淨洗耳根端不朽鍊師霜髭已滿顋履霜坐彈霜葉飛
腐儒凍餒非所惜物物願荷皇天慈

演上人以權詩示余歸其卷演師系以長句

花縣潘郎未白頭下從玉局仙翁遊平生四海饒次守

脫冠壞衲藏深幽死生俱在天一角句法不復陰梁州
眼明得此道人演更遣權詩遮世眼喚起蘄春十年夢
恍如神明還舊觀黑栢蒼鷹飽欲飛天馬銜芻方來漢
演翁自是塵外客筆端秀句應無敵禪餘軋軋弄鳴機
紫鳳天吳亂紅碧會當載月漾舟來盡出公家金粟尺

觀呂居仁詩

西風鏖暑工夫深老火由來欺稚金鑾花缺月午夢短
伐翳正爾開遙岑忽看僧珍五字句妙想實與神明聚

清如明月東澗泉壯如玄豹南山霧抑揚頓挫百態隨
鷙鳥欲舉風迫之莫言特此黄初詩直恐竟亦不能奇
老懷凛凛受霜氣想見此郎氷雪姿鄙夫好詩如好色
嫣然一笑可傾國擊節歌之侑歡伯杯中安得著此客
此客不肯紲塵羈況復世網如蛛絲秋空横河鶻鶚上
不許蜂蝶同所歸漢家太尉死宗社大鳥泣墳天所借
謝傅未吐活國謀賫恨懷奇赴泉下僧珍向來期此人
頽波砥柱妙入神要當疊些湘水濵喚起猶足張吾軍

曉發琳山晚會于湖光亭

琳山寺前雨翻盆辟邪渡頭争渡喧湖光主人敬愛客
鮮裝咄嗟開酒樽江城花盡柳亦老薄暮歡娛憐草草
殷勤為喚兩紅顔始知人好鳥還好斑斑鬢間少黑絲
客中不復憂心擣阻酒中聖少年時江湖放浪真忘歸
老來頗喪丈夫勇心隨暝鳥投林飛

謝人見過

門無襱襶軒車過草廬寂寂南陽卧夫君掀髯來扣關

不臧昔日陳驚座肉食者鄙無遠謀喜君義氣横霜秋已看獻策尊王室白筆應須上黑頭

遭風濤神林浦

伐鼓放船落星渚爭曙鳧鴻集儔侶乾旋坤轉風𢵧𢵧陽侯就戮波臣怒廬山孤巘政排空複閣重樓欲無路水蟲瑣細何足云竊發馮陵敢予侮長年吞聲三老悲老妻驚呼稚子啼病軀不能自料理袖手懸知虀粉期謝公吟嘯吾豈敢興公悲號差勝之寒葅百甕未渠盡

猶得餘生見昏覲歸帆行將拂五老要及霜風快鷹隼
徑須作牋寄魴鱮行路艱難公莫遽

南至日離同安舟中寄阿弓

去年閏冬亦戒塗北風吹雪邾城隅八字山頭駕高浪
曙角更聽吹單于今年南至又行役蕭寺佛香僧飲俱
身在瀟湘黃篾舫眼看惠崇歸鴈圖緬懷吾家之季子
細酌明窻愁欲無詩腸定遭酒媒蘗語作曉霜催槁梧
漫將長句代作草河凍難求雙鯉魚歸期不落蜡賓後

行李困來頻寄書

夜宿寶巖寄題李二鍊師兼懷王環中

北風驅雲度危嶠日下蒼茫煙靄橫山靈喚客起杖屨
定自不凡為此行山南冥搜未得妙山陰問津向猿鳥
遥岑疊疊羅峻屏溪流濺濺鳴楚調眼明全椒道士家
丹砂入頰瞰朝霞談間勃窣妙理窟挽不聽去猶欲遮
縹思右轄千丈松眉宇中藏嵇阮風放船雲夢鬼作祟
磈磊仆臥洪濤中此翁身大不及膽引帆復逐天邊鴻

淵宗堂中柱史裔黄鵠作雛欺鶴唳衣裾不著京洛塵
潛心涪翁哦五字相逢俄頃復解攜韻勝遣人增想似
僧窻夢短夜復長句挾寒霜聊可寄

寄崇書記

窮山歲晚滿煙雨欣逢支公會心侶斵詩已度曹劉前
談玄復恃敎函固寒廳夜寂斗正横衰懷徑協滄州趣
新章頓挫兵出奇遥隨歸鴈下烟渚冐中書傳要扶踈
筆端聯翩將脱兎淵淵撾就漁陽摻遽作回帆聽鳴鼓

明窓試翫老髯語黄鵠看君響長阜山陰傲吏有僧珍水鏡湛然當見許

寄甘露滅

道人欲居甘露滅年來寄食温桒鄉開單展鉢底事遠舉案齊眉風味長我衰日涉甘岑寂頗遭霜刺顧長出願隨魚鼓供伊蒲一墮塵網誰能力要知在欲是行禪久聚荷花顔色鮮秋濤風怒何揻揻莫倒危檣沉法船

寄何生

爛羊都尉本不惡鬬鷄開府無處着天禄諸君盡貴游據鞍上馬能不落何郎未免儒生酸於此政復不作難但公剩著潛夫論何須頭上鶡鷄冠

懷秦處度復用山谷韻

秦髯昨首長沙路捨舟來廿餘霜兔翻憶淮山鷄黍秋二十年來穿幾屨衣如懸鶉氣栩栩足垢頭脂藏妙處欲買桑柘閭里歡却乘舴艋江湖去似尋劍客脫塵埃北走南遊未安堵去年籬菊今又黃安得同嘗噀香霧

遊雲居歌

岷峨秀氣凌太白諸峯彈壓流輩百右軍昔為懷祖困
此心勇往曾未識羊家叔子端可人峴山何為若傷神
多情賴有鄒從事與山不磨有遺味平生尋幽幾屐穿
始知歐峰峰外天捫參歷井出鳥道耳邊河漢聲潺湲
千古追懷同一律神明還觀悲節物兩郎凛凛安能來
定於何處埋爾骨往時弘覺大道場心净無塵聞妙香
幽禪寂寂師粲可高韻卓卓凌羲黃九原蕪沒那能作

勝日良游自不惡靈雲野桃初着花鼻祖栢子僧前落
玉函貝葉渡流沙法筵復雨曼殊花充虛觧戰天皇餅
破魔驚睡趙州茶世網嬰人太煩促桑下安眠戒三宿
柴扉草閣空歸來大梁推枕黄粱熟

玉花驄

杜陵絶唱驄馬行想見躡雲噴玉聲龍眠貌出姿態横
香羅覆背紅汗透如行沙苑秋風瘦我羨芋魁仍飯豆
不愛金羈如此驄深雲一塢住山翁朝霞入頰常暾紅

胡少汲名直孺龍舒佳士清修可喜往歲見之
金陵聞除侍御史因作此詩以見意

聞君往年客淮西及見我公無恙時灊山皖水德星聚
天下中庸人表儀川行節往萬事盡我獨流寓東南涯
協洽之歲秋九月買船適詣秦淮湄建康城頭鷄欲曙
白下門前烏未飛有客剥啄復剥啄出門一見忘塵羈
戞然野鶴下孤嶼意定吾子初無疑高談確訒不跛踦
養此鬱鬱澗底姿發蒙振落笑餘子招之不來不可麾

判司卑官果難屈脫身遂與箕楚辭行行且止避驄馬
膽落於地非公誰御爐烟動天顏喜柱下雲開春日遲
側席愛民如愛子願達民病蘓瘡痍要使英風觸白獸
更遣直氣生清規鄙夫養疾江漢間有如不信吾誰欺

范家所藏孫知微畫彭祖女禮北斗圖

晴空無塵月在房松間博山沈水香翠眉女子約畧粧
兩足亭亭如雪霜步虛之聲風度長紫微北斗忽低昂
金釵何勞十二行不羨盧家丹桂梁淩雲已復飛羅裳

生絹寫照公家藏應憐彩鸞翳鳳凰未能割愛俱翱翔

戲答櫻筍

髯翁落落緣披竹肥如瓠壺書滿腹好客勤炊燭代薪中厨羹金仍膾玉春風渺渺生微瀾欲向吴江把釣竿引帆伐鼓閱三歲候鴈不來衣帶寬阿蠻虎子能哮吼千金掃除似無帚却甘杞菊侵我畦固窮不障談天口剩誇櫻筍饒生津章就旁搜不厭頻錦绷嬌兒直欲避紫駝危峰何足陳出為小草居遠志藜藿盤中長此味

客來不廢董嬌娆安用雕胡見真意年來我亦食無魚
莫遣此老專攘羭時時酒澆茶苯蕁亂我玄藁俱扶踈

送所借書還王生

鄴侯家藏三萬軸牙籤新若手未觸此翁眼如九秋鷹
一過成誦不再讀愧非玄晏獨崢嶸復愧王郎著論衡
案頭螢乾太苦相久假不歸何癡生開州公子好奇古
胃中寶笈森四庫安問鄴侯插架書向來借我紙上語
頻年多病百不如準擬傳書學截蒲還君一鴟細故爾

莫厭時時開鎻魚

題閻立本醉客圖

酒有何好工作病頗恠斯人喜中聖藏身麴糵勝巖幽寄愁天上呼不醒春風吹開玉東西月墜參横斟酌之吐茵脱帽有妙理眩朱成碧渾忘歸右相丹青果馳譽幻藥調成疑笑語便覺微綃古意生似聞醉眠卿可去半生憂患復蕭條甕中肥遁何須邀一樽桑落對公等盡解平時藜莧嘲

包虎行

畫師老包氣如虹解衣醉倒塵泥中急呼生綃卧展轉筆追造化分奇功須臾奮袂於菟出絶壑陰崖嘯風月懸著高堂煙霧深觀者膽寒俱辟易誰為彪子與虥孫宛陵後葉諸仍昆顧視雄姿亦遒際小犢繭栗何勞吞通玄論成馱貝葉大空小空隨老衲何暇與汝同條生玄豹豐狐要彈壓

望吕道士庵居不果往

鍊師精悍極了了穹谷營巢若飛鳥流泉滌盡化錙塵明窓點存填血腦停策微聞叔夜琴叩關阻食安期棗我方尋源上河漢目送落日諸峯小杪秋蠟屐要重來與子相過拾瑶草

食鰒魚戲呈夏侯

君不見吴良齊郡吏斂板居高隨掾史諸郎元日壽府君觴酒諛言敗人意口角擊節五馬賢鰒魚百輩為君賜又不見江左之褚淵此魚一尾售數千丈夫須髮果

如戟但知堪炙寧論錢平生剛直卧江漢非吳非褚何由羨療飢漸臺亦可悲味比瘡痂良可賤謂言此物不擬嘗餉我因君累十觴漢陰槎頭推不御徐州禿尾甘走藏藜莧腸中初未識已覺盤飧慘無色憑君遣使更函封莫令子羽吟頭責

重遊草堂

德人昔遊居寢處一草一木可敬之涪翁初釋僰道縛枉道過我臨水湄梵宮三託吉祥卧悠悠東泛長淮涯

牽絲姑孰席未暖兒瞰高明俄觧龜鸎鵡洲前美清泚
祠宫寄食長江西黄絹碑中發竒禍播遷瘴海如湘纍
天生斯人意有在世或不用將何疑巫陽下招化黄鵠
不遣啄腐隨家鷄前年歳晏到蕭寺開眼適見鄒松滋
涪翁故時得此客今已改色嗟流離大招淚濕縁坡竹
神觀凛凛疑來歸今年森木挂秋暑鷓鴣鉤輈向我啼
重來野僧零落盡壞帳鼠嚙非當時過眉拄杖為小立
將暝西山含夕霏

黄岡尉錢紳種蓮池上開軒榜曰超靈盖取鮑

叅軍荷花賦超四照之靈本云

平吳利在獲二陸我得斯人一夔足明光射策卷波瀾

灞橋新詩挾氷玉只因心賞鮑叅軍種花欲招千載魂

筆端有口不倚辯一作待辯盡付此花生氣存一代風流幾

頓盡漢官威儀聊復整覔句何勞夢惠連解頤未用呼

匡鼎秋風蘋末助颼飀花藥應須讓一頭何必嘉陵種

嘉橘始擬人間千户侯

東庵舒老出徐兎圖障求詩章末兼戲行叟

宛陵包虎天下無徐生之兎畫作殊眼明忽見此禁者在笥不獨藏於莬平岡雄兎脚撲朔草樹深煙紛漠漠懸知丹青相拂斫不怕蒼鷹頭帶角坡陀雌兎眼迷離拊憐大兒攜小兒銜栗分甘具療饑學毋由來無不為東安道人念俱寂遣子不復嘲熱客生綃新圖聊一出便覺野風來四壁緬懐中有衣褐徒不牙不角真趺居莫令舉網挀豪族湯沐管城還自娛黒頭歸來能自了

巖壑猶堪伴猿鳥

題伯時所畫邵平種瓜圖

邵平湯沐故千户解組投林如脱兎勒銘鼎鼎屬伊人我方荷鋤斸烟雨瓜田鉤帶盖阡陌大者輪囷細旁午殽函設險吾何補日日青門自成趣槿籬半破復牽蘿夕霏晼晚留疎樹娟然翠氣出眉嫵喜得斯人慰遲暮劇談欲寫塊磊胷尚恐軒昂作莊語畫師紛紛安足數對此令人重豪素陽陵公子傲雪林灑落由來足風露

自言購取傾家貲柴桑要伴歸來賦兩郎後先千載餘
粉墨相追叶風度懸之素壁足丘壑噭噭猿啼起寒霧

題盧鴻草堂圖

丈室幽雲織翠微盧生草堂雲作扉陰崖絶壑鳥跡稀
扶藜縱觀拂雲霓心知丹轂赤吾族要須愛身如愛玉
三十六峯幽意足何必鑑湖分一曲老仙曽上登封壇
一夜璽生雙足間不如此圖筆筆妙巖巒映帶氷霜顔
集賢學士從省歸僧床卧觀畫掩扉繡鞍那補塵化緇

不如盧郎駕鴻飛老色蒼顔今採薇故山風煙常滿衣
眼明見此社中客盡謝東阡與西陌

題包虎枕屏

兩虎肉醉欲醒時飢腸得飽恣遊嬉一虎當巖自哮吼
朝欲食子暮食妃最後一虎絕長者坐歗眼有百步威
豺狼當道正須汝莫尋兎徑問狐狸

列導道以古銅爵見歸

何年銅爵姿狀古如對高人閑美度重雲結疊卼卼雷

逵腹循環危欲雨廡問御風之子孫世南秘書藏肺腑
縱鈂欲炙直垂涎舉以壽卿吾所許非無玉舟金叵羅
簡素睨之如糞土奈何趙璧復來歸知我懐兹會心侶
拂塵識面如故人口不能言實莊語細酌明窓舊索郎
伴我微吟度寒暑

吴熙老家風雲圖

秦人屈鼎真畫師胷蟠風雲人得知獨無佳句自潤色
未忍揺毫時吐之酒澆塊磊逐倒槖素練忽復翻淋漓

宛如盛怒土囊口飈至雷霆擊何由追墨雲霮䨴摧半岳
飛動殆莫窮端倪征人鮮裝馬伏櫪居人墐户鷄亦栖
虛堂高掛髮為立三伏凛凛無炎曦吳侯憐我慘不樂
卷去隨手俱清熙乃知非獨畫工妙妄念起滅分毫釐
想當在笥常洶洶不與關河相蔽虧會當一雨被八表
何用祕藏深岤為

李伯時畫蓮社圖

遠公得名喧宇宙如意舉墮渠不知何為歗聚野[illegible]羣

依經鮮義眞成癡柴桑老翁挽不留籃輿醉衝烟靄歸
由來却具一隻眼社中不著謝客兒白業許時露消息
鼻觀參取初自誰飲光微笑總為此至今留與後人疑

題吳成伯家文與可所畫晚靄横春圖

湖州手參造化鑪墨君老稚俱扶踈含毫自作晚靄戲
凴軒丹青渾欲無雨聲忽破鳥行急木末尚掛窮猿呼
衰翁將雛來蕩槳挽引斜暉到漁網嵐昏那計目力長
厓傾欲陜天梯往湖州雖仆妙相存此畫他年人更珍

但恐君家風雨夜山川斷取不無神

日涉園集卷五

日涉園集卷六　　宋　李彭　撰

七言古詩

晨起

晨起按行瓜芋區園豎畦丁争殿最蹲鴟壠底未輪囷
蒲鴿藤間懸鈎帶錦里先生態度同青門故侯風味在
肥家敢望李衡奴擊殭安用任棠薤累人僅鮮口腹嘲
貰酒可免尋常債含毫初不為矜奇遺興聊須風雨快

韓熙載宴客圖

紫微華屋桂為梁中有侍兒宮樣粧閑門投轄醉短舞牛馬因風兩相忘翠翹掛冠真細事必能作賊無顧忌堂上燭滅何足云亦期羽林射鵰子當年誰遣轉鴻鈞終與哀榮辱恩禮西風猶吹建業水直恐姦魂污清泚

次山谷答范信中韻

范君膽勇如季路三穴笑談空狡兎鋭頭初無儒生酸果呼下邳換雙屨徃年風義公獨許藥裹追攀險艱處

公隨瘴葉落瘴鄉買舟反骨勞君去少陵未築耒陽墳尚喜宗文有環堵人生萬事何所無極目澄江鎖寒霧

賦張邈所畫山水圖

異時頗愛宋元君踏門畫史如雲屯舐筆和墨太早計鮮衣槃薄全天真夢澤張侯飽閒暇直疑胷中有成畫酒酣耳熱呼不醒澹墨淋漓疾揮灑誰為右轄賦招魂遠過酸寒鄭廣文恠底高堂見丘壑欲攀松蘿尋石門咫尺終南與王屋翩翩不下如黃鵠水南水北索價高

放浪猶歌紫芝曲張侯愛畫入骨髓腦脂遮眼良有以
筆端刻意寫遺民要似留侯赤松子如聞可汲用王明
會須添作貢公喜

賦米芾所畫金山圖

憶昔扁舟帆正落揚子江頭風浪惡江心樓臺渾欲沉
不獨能高尾官閣晚山接天波面平白鷗去邊鐘磬鳴
雲昏上頭不可到往來余懷今未寧楚狂澹墨掃絹素
澄神卧遊知處所欲披霧牖尋野僧反向煙汀辨江樹

新詩葱蒨工於畫川岑想像高堂掛騂騮絶塵走千里

何勞遠處幽并夜漸到潯陽不復前安得仙山來眼邊

斷非眦耶掌中取真疑壺公謫處天新詩妙畫真有益

張衡南都能畢力不如此詩氣崙崒却使丹青句中識

小憩琵琶亭呈環中養正

香山居士骨已冷文采風流今未遥桿撥何勞作爾語

寒江壁月想前朝濤波竟夕相喧豗吴檣楚柁争傾欹

老夫何暇知許事但飲松醪魚蛤蜊

客有以戲魚竹枕見餉作此謝之

蘄州笛竹含風漪縹瓷斵月聊相依白頭苦風癡女問歲晚乃知非所宜公從何處得此枕勁節儲霜餘凜凜遊戲真同赴壑魚小窓夕陽助酣寢餌甘釣深安可圖長綱横江嗟已踈我寧低昂弄清泚絶勝縷切大官厨莫作枯魚過河泣寄聲魴鱮慎出入長伴幽人蓑笠眠夢破寒沙風雨急

同子蒼放船南山石壁下

南山修源何所似顧癡鋪張側釐紙酒酣潄墨風雨來咫尺煙昏（一作雲）生萬里韓侯靜者妙英姿乃呼扁舟共遨戲我曹竟墮善幻中叩舷歌呼但霑醉寺下回潭凝不流中有卧石如潛虬孤峯已銜半規日連山倒垂波底浮韓侯風雅才甚優胷中何止吞萬牛未向承明草蓮燭小留南國馴沙鷗會須喚仗入天陛尚憶谿邊橫小舟但願故人俱厚祿平子不妨吟四愁

何生復用塗字韻喜予從東坡遊作三篇見寄

次韻答之後篇東劉壯輿

嶠南將成金匱書喜又賜環香拂塗萬釘圍腰乃為崇
慣作臞仙多槁枯元符相國泣前魚長流百粤復羌胡
周漢二宣果明哲金玉王度復關渠
東坡十年作謗書多情杖屨作歸塗雪堂公去頗削迹
來禽青李皆已枯秋風醉索武昌魚脚敲兩艖聲函胡
只今諸生典刑在他日期公游石渠
氷玉堂前十國書君能讀之行坦塗一洗談天千古舌

呂梁大壑何時枯顧君不用校魯魚亦須調笑酒家胡
玉局仙翁無浪語大禹以來未有渠

喜二何從山谷遊復用塗字韻

水部諸郎薑尾書涪翁杖屨傲當塗斑斑東笋門下士
梔貌蠟言顰笑枯翰墨瀾翻縱壑魚風釆灑落鳳棲梧
寄語南州雙白璧從今價重百車渠

張僧繇畫胡僧看經

蒼崖倚天瞑色起風微槲葉藏猱子老僧龐眉雪復顴

梵音清遠發皓齒向來萬法出此經行行春蚓紆黄紙
覿面相呈事儼然歸雲欲渡前溪水

題夏氏萬賞亭

公家文莊佐縣官萬國朝宗天不言桂梁蘭室治私第
鵁鶄建章爭絶倫昭華穠李態度新緑尊翠杓羅繽紛
人歸夜臺金狄泣一種風流今尚存小君家聲自陰后
五侯四貴印如斗渠渠夏屋幾百椽誰能近前畏左右
去天尺五付此郎詩豪酒聖復專場錦韉花驄折楊柳

灞陵惡少艾如張危亭複閣來南州佳客爭門陪俊游
朱轓皂蓋駐五馬叵羅醉擲高陽傒青蛾皓齒動星眸
尊前舞罷錦纏頭參橫月落了不問一杯在手吾何憂
腐儒蕭然愧環堵藜莧胃中庾廖句頹然被酒燭如虹

戲效吳歌歌白紵

戲答賦蚊

江湖白鳥傳自古蟄蟄孫曾亦如許聚雷豈解殷晴空
媒蘖耳根良自苦野人睡美不聞鐘草木苯蓴森蟠胃

嗄膚攻喙漫不省躍躍自喜安足雄若人才高樂譏評

滑稽能發古人興勾引西風鏖細蟲小醜何勞霍去病

遊東園戲作長句

夂客殊方無永味排遣春愁逐遨戲曉濟吴榜訪東園

欣欣草木多佳氣縹瓷竹葉沃春心黒面酪奴驅晝睡

親黨諸郎意氣豪挽强對奕真能事鄙夫魯鈍獨長吟

一聲望帝動歸思

贈吴雲叟

宛城居士如氷雪大藥親逢悟禪悦丹霞正印君得提
洞下靈源渠未絶淨名杜口涉言詮口如布縠意莫傳
心猿睡起六窓淨為君作戲彈無絃

贈張聖達

人言汝潁多奇士秀潤如君飽風味兩鞬馳射不作難
三峽倒流聊復爾平生未識嵩少雲三十六峯巖壑春
因君便覺來眼界翻作新詩持餉君

張子和予文以長句送朋壺次韻答之

下自成蹊藝桃李此語聊持餉吾子南風吹句落窓几
蕭然出塵天下士詩壇挑戰生一秦窮瞎水部好仍昆
氣無萬里照夜白伏櫪騏驎收驚魂荆州但獲一人半
二雋風流眼中見機雲空誇千里蓴如公筆端那復倦
我誦懷沙自療飢時時閒出危苦詞鳴蛙兩部頗娛聽
鉅竹千竿端相持督郵雖賤不勤置儼然真辦絶交事
知君風味似建康連璧頻來隨俗吏漫澆平時過秦胷
徑醉咄咄成書空兒曹為具明蠒紙欲賦雌蜺吞晴虹

懸知在德不在酒耳熱清狂須酒後客來舉觴不得言
舌本因之忘可否擊析相聞非路長濤波隔津成兩鄉
待我營巢浣花了過君更僕對繩床

用擬古韻答英上人

劇飲經須尊有甖搜攬新詩轉遒際誰知雲窻除饉男
燕坐微吟兼祭忍吾衰霾霧滿胷中玩味甘腴真雋永
含毫覓句剩欲酬時有寒泉汲舊井

先成都訪故園得顏家斷壠碑

我生性僻喜客卿有練先書無復贏墨池筆冢聊爾爾
春蛇秋蚓勞譏評正書不數黃庭經況復焦巖瘞鶴銘
永和題尾東高閣醬瓿往往多蘭亭怒猊渴驥日遠屏
嚴家餓隸當吞聲千金敝帚不自見憎雞愛鶩何癡生
我家成都萬人傑向來古心冶金鐵顏公斷石出糞壤
一落眼界清思發政如令嚴亞夫軍中天夜寂懸明月
速須乞靈向若人運斤成風萬鈞力筆端寫我剛直胷
復與顏公振遺烈

宴清心閣

馬尾垂楊已墮綿春風暴譚惱中年驅車作意訪花縣
地主風流仍更賢倦遊不北長卿慢自迎傑閣開清宴
高談雄辯俯飛鳥急管哀絃徹河漢君侯筆端妙入神
百斛炳煥扛龍文承明合受鸎花繞何事斂板趨埃塵
清朝好士如好色况茲卓絕流輩百追鋒看即朝日邊
莫道垂綸在幽昃

阻風雨封家市

往時李成寫驟雨萬里古色毫端聚行人深藏鳥不度
便覺非復鵝溪素龍眠老腕作陽關北風低草雲埋山
行人客子兩愁絶未信蒲萄能解顔兩郎了了觧人意
似是畫我封家市戲作新詩排晝睡忽有野鴈鳴天際

贈中上座

粲可仍孫本吴産萬遍蓮花亦遮眼時時幻作文於菟
寂寥恨渇斯人晚我如叔夜七不堪倦書蓋學蠹書蟫
已約東湖徐孺子招公山北復山南

贈宗紱上座

蒲萄不飲熊耳杯薰爐甘作槖駝坐胷中皎鏡湛靈源結習已空花自墮眼明見此除饉男妙語時時零玉唾稻畦摩衲丈夫事吾獨知之胡不果鉤章棘句竟何禪徒遺詩人嘲飯顆

觀法華牛鬬戲呈戒上座

鷄棲于塒晚山碧兩牛偃蹇萬鈞力黃鐘滿脰鳴相歎欻起緣何作勍敵水牯敗績秋風前穿林觳觫蹊人田

幾無將軍破燕虜適堪衛尉駕車轅碧眼三僧可人意
大牛小牛與穿鼻更須晏坐三十年直待無鞭更無轡

雪夜書懷

夜烹伏雌歌偪側泰山其頹吾道阨天邊奎壁貫藴公
諸君往往瀕蠻貊帝遣仙儒玉局翁涕下悲吟夜蕭索
氷姿玉立似平生化作人間截肪白黄屋久悟金縢書
豫行温詔歸遷客嶠南華髮老先生解羈來卜愚溪宅
枉遭越犬吠倉皇莫吟氷柱要呵責重瞳雖復達四聰

尚恐乘軒多令色短檠花重寒不眠南望猶嗟萬山隔

蝴蝶詩并序

楊昊明之世家藤州少孤力學娶同郡江氏婦翁官江州征市明之盡室與俱來予於江君既親且舊以故過江君始與明之相識後一年明之挾冊遊上國抵許州客食親館一夕暴卒卒之明日有蝴蝶大如掌許裴回翔舞於江氏旁竟日乃去始聞訃聚族相與哭

蝴蝶復來遶江氏起居飲食不置也夫明之不得其死未能割愛於少妻稚子故化蝶以歸爾世之罕聞異事人之英偉不凡死有遺恨精爽不没没能化物出遊人間以自表見亦可為流涕者矣予與明之善故作此詩以悼之云

碧梧翠竹名家兒今作栩栩蝴蝶飛山川阻深網羅密君從何處能來歸疑君枕肱作莊夢誤隨秋風訪天涯

大兒稍黠兒中虎小兒初學繡帳語青娥皓齒越中女
夜挑錦字停機杼可歎不可思可思不可見君來翻作
眛平生看朱成碧非君面耿蘭作報斷人腸况復雀聲
哦洞房不知真是玉人否大鈞刻彫不可量君不聞蜀
天子化為杜鵑似老烏悲啼清血百花盡有恨不吐歸
黄壚又不見湘纍平生女嬃罵空遺離騷萬鈞價楚些
許時招不來亦復穿花繞寒夜願君莫飛入兎園青春
粲粲花葉繁雄蜂雌蝶閙如雨於君一脚不可安

贈詵首座

上人鬚髮森如戟年少曾為萬人敵父兄膏血染敵戈晚作梵王門下客西州白氎爛生光來逐鳳棲山寺涼萬遍蓮花君自足曹溪一滴定須嘗

中秋遇雨夜將半素月流天可愛感予賦詩

雲將長空斷絮晴膚寸而合雨建瓴阿香推車不知倦雅意望舒無復明地行賊臣未辨訴斜漢左界俄無聲雖非西園清夜樂起予縹瓷來酌醽舉觴嬋娟聽我語

樽下藉汝攻愁城長令屏翳當令節莫遣楚氛蔽明月

謝佛鑑大師寄韞玉鑪

道人力參具正眼古廟香爐心已灰平生厚我習氣在索書常逐征鴻來深藏山谷實高蹈下視萬象遺塵埃遣奴餉我此長物不比珍簞餘嫌猜摩挲溫潤侔玉德荆山抱璞真良材妙香起處侑茶鼎媒蘖萬壑生風雷忽言與君隔千里對此了了聞談諧

謝王成可惠鼎爐

王郎筆若追風驃歷塊過都愈奇峭胷中好古類古人
鑄鼎為爐亦臻妙禹金九牧知神姦周定郟鄏乖不刋
據耳向來為上客折足遥憐空汗顔顔率游談聊貫患
納部臧孫貽直諫淪亡泗水蓋厚誣得自汾陰亂真贋
孰如此鼎形瓌奇鐇腹雲雷差次之上有蒼虬肉倔强
隱映幺麽微螽斯明窻静几香氤氲藹如黄雲覆晏温
拜嘉詎意獲此寳子孫父巳傳仍昆

次九弟中秋韻

楚江微波鳴盎酒脫葉蕭然坐來久仰頭看月落烏紗無復纖雲漢津口顧兎之靈態度深擣藥長生傳至今風前急管聞三弄泓下蒼龍時一吟逸興俄生縹粉壺攜幼近局無勞呼坐中白髮飲輙醉鼻雷發聲聊據梧異舍羣鷄皆誤唱舍下鳴蛩亦清壯低昂北斗掛柴扉不眠尚倚過眉杖

歸舟

旌陽峰頭千仞石溪光却照楚天碧歸客操舟瞋色時

怒雷濺雪多灘磧夜榜時驚烏鵲喧星光破碎月映門
訪戴人歸剡谿曲問津客出桃花村香醪獨酌吾靜寄
萬事不理端復細俗交從來薄於紙小黠大癡聊一戲

正月二十六日過順之飲僕以醽淥酒徑醉聞
横笛音李仲先順之有蒼頭能作龍吟三美偶
不果戲成此詩

髯奴不及緣坡竹柱車守閭各有局苟不上券吾不欲
僮約卒音幾慟哭勞于郄公常奴爾性不茹葷少陵喜

吐茵西曹第忍之封侯骨相多小史蒼頭乃復在琳房
柯亭橫吹節飽霜炊飯作糜緣底事心寫泉聲風韻長
慁讌酌我次翁狂如魚聽曲首低昂恨不臨風作三弄
不減當時桓野王

舟中戲作雜言

昨日觀畫筴李成山水真難忘寒林遠近煙暗澹絶壑
稠疊雲微茫忽看清溪下野艇驚殘鷗鳥不成行我嘗
指此語座客安得仙骨來中央此事數日爾忽落圖上

鳴漁榔山重水複灘瀨急鵝飛不過吳天長嗟予老矣
兩鬢蒼放浪自得宜深藏煩於畫筴試檢校恐我割取
附益歐峰旁

次暉書記韻

平生邁往回萬牛晚著壞衲乘虛舟僧中那得賈長頭
對語亹亹連不休作夏深藏白蓮裏心如此花映秋水
夢隨歸雲欲訪之鄰垣華鯨喧枕底

次韻陳無已擬古

說桓佐宣項垂癭銳頭將軍風骨緊病夫面帶丘壑姿
白薤綠葵窮可忍忠風輝映義骨香苦事何須味方永
夜歌商頌出金石猿歗寒柯掛參井

病目宴坐

腦脂遮目乏風味宴坐禪床真得計赤眼歸宗近似之
面壁少林聊復爾東坡妙語久猶新治目常存如治民
但學曹參相齊法永清王度不無人

連日大雪

春風吹雪塞寒門飢烏暮啼寒雀喧此中要是難測地
材堪令僕無複褌引帆上檣牛繫軛燒車與船復延客
平生四十二年非頓悟前塵頭半白願隨谿叟水雲鄉
蓑衣負雪時鳴榔不知許事付歡伯醉著寒灘清夢長

日涉園集卷六

日涉園集卷七　　　　宋　李彭　撰

五言律詩

喜得師質消息

南國柳花合淮壖麥秀初數聲傳喜鵲一紙故人書君出理煙艇儂還荷雨鋤天高風浪惡歸興不應疎

漫興

鴈帶秋聲滿鷗將暝色歸打窻紅葉亂裁句碧雲飛好

飲酒儲盡少眠茶夢稀眷言方外侶時送北山薇

宿同安寺

山暝客初到雨餘雲尚屯長廊響僧唄涼月耿松門踐
境知心遠背塵惟佛尊道人喑不語真覺我言煩

遊藏山寺

招提雖負郭菌閣暗藏幽春漲桃花水風回沙際鷗含
煙朝日麗擇路晚雲愁淡墨呻吟內非萱可療憂

久不得潘髯書

八字山頭鴈武昌江上魚罶無千里遠不寄一行書度
鳥愈清曠晴雲時卷舒河陽應好在有底苦相疎

書龍壽寺煮泉亭壁

病馬繫喬木攜筇到上方江花迷枉渚野竹亂鳴榔石
竈懷桑苧窪尊憶漫郎吾生真寄傲佛地欲深藏
客裏多岑寂尋春興獨賒擊來妙喜葉盡屬法王家不
見青鞋士來煎黑面茶幽懷在天末落日更鳴鴉

曇珠曇規二禪者歸湖外乞詩二首

淑氣紛花藥喧風樂鳥烏山僧來訪别稚子竟傳呼嘖
玉渥洼種行沙滄海珠湘天多過雁能寄尺書無
獨秀峯前見林間憶語離游觀如昨夢換謝若晨炊柳
絮飛千尺殘陽隱半規打包湖外去探道就鉗椎

西塔

秋山何秀整風磴頻崢嶸寺古殘僧病門深舊犬迎崖
蜂將割蜜澗鳥自呼名毳衲典刑在蕭然物外情

病起過鄰寺

慣作招提客應非拖玉身一年强半病十畝未全貧孝
秀鄉閭𦬼朝班符瑞蘋不妨幽仄裏高卧姓龎人

封氏野老留飲看白兎是晚微雪

封老朱顔在鬑鬑已白鬚酩酊招倦客喚婦煑肥鱸玉
兎君家有銀䍧客舍無醉餘看舞雪未覺客情孤

登無相絶頂舊有東坡題字今不復見

深雲蒙無相斜日照崔嵬慘澹天梯徃蒼茫地勢開巾
裾拂河漢談話雜風雷惆悵銀鈎處歸來首重回

次九弟韻兼懷師川二首

抱瘵便秋晚加餐喜歲豐幽懷烏烏樂世故馬牛風坯

户寒蟲急安巢野老同年來百念冷頓悟衆緣空

帆回落鴈渚菊帶傲霜華稍過郊墟雨猶鳴官地蛙雷

空聽隼擊俯杖看蜂衙妙趣誰能解懷人天一涯

次文虎韻戲暉書記

孤舟泛湛水心法已圓融詩律期三昧庵居役工空住

山須拙斧閲世任寒蓬慢着尋幽屐雪泥殊未通

次九弟韻後篇戲奉世十一弟二首

少成憐季子拔俗似安豐逸氣期公幹鉤深似國風未須輕小伎着意要參同聊語詩家病塵窻研滴空

莫學中郎將休懷陰麗華三餘遊竹素兩部有鳴蛙乃肯親龐老多情過押衙吾衰那復此羡爾樂無涯

戲贈

王謝風流在星星映角巾屬文無少境結社有迂輪頗作餐霞侶頗充觀國賓徑須呼伯雅且入醉鄉春

贈鄧中美

盛漢數鄧陽雲孫復擅場筍輿逢鹿苑蠟屐繞羊腸囊有壺公藥爐多荀令香麻姑在鄉國期子共徜徉

贈暉書記暉有伯時所畫馬甚奇

脱盡膏粱氣秪餘雲壑姿囊中支遁馬筆下惠休詩木末鳥還語花邊蝶浪窺平章賴公等吾病不能奇

聞官軍已臨賊境

聞道官軍至戈鋋壓賊壕鼎魚猶未腐穴兎竟何逃鋭

氣連全楚皇恩貸爾曹洗兵無復用歡喜薦春醪

次韻九弟遊雲居

禁足同僧夏秋風倚杖前捫蘿懐鳥道著屐到壺天霜月懸崖腹參旗落枕邊鶯詩嗟錦盡老語不須傳

夜坐聞櫓

日斜喧急雨雨夜候蟲秋宴坐遊三昧因人吟四愁疎林月色好别渚櫓聲幽却憶秦淮上寒更渡小舟

自雲居歸欲到瑶田作

稍上參雲漢中藏祇樹園烟横迷遠嶼鳥度失孤村一
嶺分晴雨半山纔晏温回頭聽梵唄真是欲忘言

絶章水

春水静遊浪晚吹生怒濤歸興催舟楫驚魂寄桔槔留
覓忽忘故訪戴敢辭勞推挽柁師力令人愧爾曹

哭李少微三首

應劉玉山隕之子尚璵璠未握論交臂俄招去幹魂茂
陵有遺藳健婦解持門何日生芻奠人琴恐或存

評闕汝南旦窮嗟校尉途故交非浪哭吾道恐成孤往

在談文處還能步屧無秋風聊倚杖草樹日疎蕪

我客齊安歲君官汾上春安知瀨鬼録不作定交人煬

竈中郎滿鬭雞開府頻如何令王濟清血染衣巾

次韻東坡五更山吐月

東坡先生喜誦杜少陵四更山吐月殘夜水

明樓之句其在嶠南列置五章僕蓋誦之不

離口欲效其髣髴而不可得秋高景寂徃來

匡山披衣視夜氣象幽勝乃次其韻作五首

然終不近也

一更山吐月脩水瑩澄瀾全勝西園夜金覊帶笑看團欒照坐好倚徙氷人寒縹瓷傾竹葉何必辦狼残

二更山吐月寂寂山家夜衰翁蒜鬢濕蘅移復露下泠泠泉可漱冉冉雲可藉相攜塵外人共説無生話

三更山吐月無睡客還起風微一鐸鳴歷歷正談此此身如傳舍幽懐湛秋水玆遊共昔遊定非聊爾爾

四更山吐月月是故園明三峽笙簧起紫霄星斗横林猿霜後嘯山鬼夜深行託宿者闍寺真遊王舍城

五更山吐月夢回人更幽風來虎溪寺江動庾公樓雞喚楚江曙河殘淮上秋倚梧成短句僅欲不勝謳案此詩五章其一四五律體而二三則古詩但其體以五更聯綴成章勢難割裂故並附此

不宿開先道中口占

穉菊含佳色苔痕上老筇了山已埋玉盧老自鳴鐘但飲東溪水休看雙劒峯斜陽空翠合猶聽隔溪春

雪

瑞雪辭天漢因風響觸楹光催曉雞誤素失白鵬驚氷柱隨門見瑤林逐徑成南州多癘鬼藉汝勝鏖兵

王子張數以詩見過

午夢蠻花濕晚涼衣帶秋愁來倚柱嘯詩到擊盤謳律熟無誰敵詞慳不擬酬蘇州語猶在五字為君休

同雲叟遊歐峯

遠墅春辭木空山晚著花幽懷生蠋屐稍上問星槎屢

共普熏飯仍烹圓夢荼期君未衰白爛漫飽烟霞

書懷

未作終馬計懷哉興不疎逢人問息耗閲歲歎乘除老境來顔面歸家識此渠攀緣俱斷絶何暇羨嚴徐

遊石鏡溪

石鏡溪邊樹金輪峯上雲貪看魚弄影不覺鳥迷曛山態迤迤好泉聲細細分銀鈎懷柱史誰復振斯文

懷秦處度

淮海紫髯叟長吟獨倚風稍將芸辟蠹應罷手書空拄策舊寒澗含毫餘老松觀雲每悵望苦念小安豐

留題壁間

遠意在丘壑籃輿同此尋干雲絶壁秀落澗幽泉音卷褫盡開士聽法多珍禽煙横半峯暝信是忘歸心

過蘄州故居

繫馬金沙樹衘茅儼暝途沾襟問鄰老攜手憶於菟意逐前雲遠情隨歸路迂霜風吹曉角夢聽小單于

寄文若

仲氏客淮上蓬窻憶聚星雲從望中密雨逐去邊零赤壁念存沒怡亭幾醉醒歸歟勤著脚莫負讀書螢

用韋蘇州神靜師院韻寄徵公

雲卧衣裳冷巖幽鐘磬微秋蟲留霧牖夕鳥下烟扉無人瀹茗椀坐我語斜暉分攜復經歲長嗟志願違

將到九江先寄王環中

鹿門真大隱不減遠人村淨供維摩室鄰居祇樹園秦

淮揮別淚楚岸倒芳樽牢落還相見定能顏色溫

新篘濁醪味嚴勁飲數盞大醉醉中作此詩

我生憐麴蘗剛置自中年破屋鳴春溜陰崖響夜泉興來猶味著飲罷剩狂顛但病無風韻聊堪栩栩眠

佚老堂為柳仲輝題

小隱寄巖谷堂成笑傲中雖無黃閣相不羨黑頭翁倚杖鷗邊雨營詩鴈背風好閒多病處清興略相同

自寶峯還過長坑澗谷勝絶處

虢虢水循澗悠悠山放雲關河元未逺境界有誰分幽
樹花無賴輕鷗聲念羣箇中須着句傳與世間聞

蓺玉軒

短李江南秀虬鬚讓帝孫開懐仍好客愛畫復堪論蓺
玉風烟外藍溪氣象存他年多結緑會看有乘軒

豫章董瞿老求詩

珍重膠西相風流後葉孫退藏羞射策曠逺頗窺園韻
絶五峯秀句奇三峽喧羗山多勝踐周道魯俱存

漫書

歐峯秋色外一上一回高踐華誰云險捫參未覺勞雲扉留野客霧牖卧方袍拄頰非吾事何須似馬曹

餞盱眙赴上因乞詩

君自金張侶從予嵇阮遊祇園分客袂星渚繫歸舟楚國煙霞晚隋河榆柳秋中州多汲引行矣亦封侯

次瑛上人韻

鼻祖真消息風流出當家觀門親杜順感指悟玄沙顧

我晚聞道參同今未涯懸知飲光笑初不為拈花

題吳少馮聽雨堂

碧澗寒侵屋幽雲夜度墻貪看山入坐慣聽雨鳴廊苦乏陰鏗句聊登孺子床君非無汲引寄傲學潛郎

喜得京師書信

簷閒噪烏鵲窻外集雝渠喜有大梁使能攜小陸書南京飽薇蕨北饌到庭除得雋傳消息更看雙鯉魚

追涼對酒

祥暑晚來歇追凉聊解顏星移團扇底月動縹瓷間蟬噪斷仍續烏喧棲復還幽人嗜清曠只合卧湖山

五言長律

上黄太史魯直詩

扈聖當元祐雄名獨擅場羣公調玉燭延閣近扶桑揮灑驚雷雨觀瞻列堵墻密雲來北苑珍果出明光柱下惟青史銀臺無露章胡為隨逐客不作瑞齋房岑寂金華省蕭條玉筍行長庚萬里去大雅百夫望老覺丹心

壯閒知清晝長珍蔬時入饌荔子喜傳芳世故跏趺逮
生涯嘯傲傍甘為劍外客誰念大官羊宣室二天詔遺
弓萬國傷老臣還召畢陛下過成康澤笏皆忠讜彈冠
多俊良力辭佳吏部直作老潛郎憶在金華日曾扶八
座床未能窺絳帳頗復戲羅囊侯鴈隨陽去奔駒度隙
忙千秋銅狄泣萬古玉人藏諸阮釁猶在蘄春痛未央
羣雛極鵝鴈衆口歎蛩螿恨之一壓地歸來屢擇鄉親
交標鬼錄卜築近僧坊宿烏頻窺牖行蝸每晝梁着渠

上麟閣恥學賦高唐勤我十年夢持公一瓣香聊堪比
游夏何敢似班揚尚愧管中見麈須肘後方宅時解顔
笑何止獲升堂

日涉園集卷七

日涉園集卷八

宋 李彭 撰

七言律詩

觀畫山水

不愛邊鸞愛李成胷中成畫自崢嶸數行島嶼隨人去一段風烟向腕生猨啼巫峽殷勤嘯鴈到衡陽嘹唳鳴我與羣山成保社直疑俱是舊經行

遠明閣飲

百尺遊絲入座來浮嵐空翠映樽罍談諧自得江山助觴詠不勞絲管催滕閣風流今未遠南樓氣味喚仍回城鴉欲曙衆客醉木末闌干懸斗魁

城上

城上棲烏尾畢逋寒塘烏影過相呼一天欲放山陰雪六幅如觀栗里圖問道自應師粲忍扶衰初喜得封胡香醪已熟糟床注喚客無勞滿眼酤

宿萬松兼示慶首座

步屧欣逢釋梵宮餘霞尚帶日歸紅峯前晚靄晚來積
岫外秋天秋滿空獨鳥深藏欹牖樹幽花香逐下山風
青燈耿耿照無睡賴有能詩老贊公

鄒天錫見過

議郎梁獄坐口語置散揆閒今放回令節由來迫吹帽
幽園尋勝獨登臺共歌昭代得銀甕何暇著書名玉杯
此口惟堪飲醇酎人間萬事要寒灰

次駒父遊孺子亭韻

平居懶與慢相親寄傲行歌似隱淪水退荷花餞殘暑
秋来山色挽幽人從雌鸂鶒窺黄帽旁母鳧雛映白蘋
興罷歸來去高卧詩成聊復寄雷陳

余久不飲酒偶飲殊適因和九弟韻

年侵畏病酒尊空刿復聽歌感小叢煙際鳥呼雲際雨
花邊蝶舞柳邊風向来懷抱愁眉外今日懽娱醉眼中
何用花奴鳴羯鼓新詩解攄思無窮

遊雲居三首

山林投老更疎慵尚有躋攀興不窮絶壑久忘蛇起陸
寒窻聊食鴈來紅人方嵇阮似無愧詩比陰何或未工
永夜不眠茶作祟一燈明暗鳥呼風（雲居稱有鴈來紅）
故歲新芽約略黃重來敗葉帶飛霜尋幽少脫塵勞夢
訪舊頗薰知見香深谷鳴鐘雲暗淡半峯斜照樹微茫
去天尺五今應是壁月珠星掛上方
羣峯羅立紫崔嵬無復市聲蚊聚雷遠嶠雲屯飛鳥沒
寒江煙斂健帆開暖眠犢子陽關草香逐蜂鬚陰谷梅

散策捫蘿覔歸路摩挲蒼石更裵佪

次韻答董彦遠

疎山翠氣連眉嫵雲外飛鴻點點愁只在吳頭并楚尾非關張掖至幽州著書縏露想成癖待詔公車安足求何日芒鞵尋舊約蘭旌蓀楫共優游

過鶩湖懐師川

寶峯嶔崎青未了枕下灘聲走白沙谷口不應無小隱桃源真恐有人家寒猨飲水避帆影槁葉隨波上槳牙

苦憶南州徐孺子歸舟天際暮雲遮

春夜奉懷蘇仲豫次陳無已韻贈仲豫

雲外頭陀是去年已看汀草漲晴川夢中未覺關河遠枕底忽聞鐘鼓傳但可馬曹聊拄頰看渠鳳閣競加鞭蓬窻想得司春甕一夜糟牀酒注泉

春日懷秦髯

山雨蕭蕭作快晴郊園物物近清明花如解語迎人笑草不知名隨意生晚節漸於春事懶病軀却怕酒壺傾

睡餘若憶舊交友應在日邊聽曉鶯

季敵檢校南村田

風吹穲稏半傳黄凖擬中厨雲子香潮水忽生添野水山光便可接湖光難求塵外餐霞侣未識囊中辟穀方徑遣阿連聊檢校饑雷已復殷枯腸

自豫章歸書齋題壁

烏烏聲樂客還家僮僕懽迎日未斜小徑潛筠新長笥幽齋茂樹晚多花深慚麴糵留春住尚覺年顏去老賖

出處由來非細事弄泉莫忘飽煙霞

泮宫曝書恭覽御書故事行鄉飲酒禮諸老率
諸生皆在楊先生病足獨不至賦詩見寄次韻
答之

雲漢昭回泮水邊諸生拜舞鱣堂前老翁七十荷衣緑
弟子三千桂魄圓樂正足傷何必慮伏生口授尚能傳
墨池載酒容他日門外侯芭也可憐

寒食日

幽人衣帶病餘寛終日蕭然懶正冠柳絮野鶯春向晚
榆羹杏粥食猶寒倦於杯杓生新興頻有鄰儀救老殘
試把一尊招近友放歌聊復罄交歡

李成德求迺翁挽詩

養疴丘壑玩寒藤領略雞園最上乘射虎已驚生李廣
登龍行復見元膺九原煙雨悲埋玉一代功名定伐氷
安得董狐南史筆發揚潛德到雲仍

戲次居仁見寄韻 居仁見督參雪竇下禪

長蘆老人半聖號眉毛不惜為談空静委眈禪如縛律

懸知選佛勝封公影沈寒水雁無意春入幽園花自紅

欲向池陽參百問却慚勾賊亂一作破家風

寄如璧上人

平生剛直隱長虹收卷波瀾説一作入苦空翰墨場中無

李廣苾芻園裏有支公未應雪浪侵頭白想見丹砂入

頰紅驄馬他年焚諫草看君妙手試宗風

次韻寄居仁二弟除禮敦智

老覺餘生如過鳥何曾留跡寄長空一丘一壑應還我三沐三薰盡付公病懶自知玄尚白醉餘貪看碧成紅荀家兄弟俱奇絶時聽淮南好國風

次韻寄山伯蕭老二弟山伯惠瘞鶴銘善本

平原翁仲草蒙茸種竹當年語竟空羣從嗟予真漫叟象賢期汝繼汧公別來江草喚愁碧書到山陰稱意紅瘞鶴銀鈎光照坐行書正欲乞楊風兄雅嗜楊少師恐弟輩有之故見於末句

卜居

有宅一區聊解嘲清風歷歷自鳴條買山作隱吾無取
為黍殺雞何用招魚托幺荷障斜日籜隨新竹上層霄
箇中已了一生事倒屣安能求度遼

寄劉壯輿將赴唐州儀曹

五柳先生同舊科壺觴終日盼庭柯一行作吏事皆廢
三徑就荒君若何問字有誰堪載酒談經許我或操戈
平生獨是賞音者聽此殷勤勞者歌

奉贈英明發

上人霜鶻氣橫秋法界重重幻筆頭已泛毗盧真覺海戲裁佳句比湯休雲開鶴嶺露蘭若波起洞庭霜橘洲華髮蕭騷顏老境多情猿鳥替人愁

駒父次予舊韻見貽復次韻

玉人皮裏有陽秋句入丹青顧虎頭壓倒何勞譏陸陸老衰得懶欲休休支牀夢破嚴城角决背風回落雁洲遣興竟須桑落酒談間莫着畔牢愁

前韻戲呈仲誠

蒲萄政復得涼州底事徵官章水頭早歲已能交北海高懷乃肯顧韓休手妙他時掃銀夏冐蟠佳處協滄洲誰言京兆畫眉嫵後院懸知多莫愁

寄何斯舉

傳詩句句爛生光妙手般紅入象床本自奉常參定脉定從儋耳悟神方玉花自合歸天廐黃鵠應須下建章見說年來真欲隱轉身一路直須强

寄張聖源

豪氣向來回萬牛筆端袞袞楚江流拾遺已見傳三賦平子不應吟四愁柱後許時淹濶步石渠看即副旁求老夫病著蒼崖底細和堯民擊壤謳

還家寄吳世長兼簡潘子真

江頭楊柳麴塵姿弄日晴空百尺絲騎省風流還有賦吳筠英妙更能詩殺雞為黍相期處問雁呼卿政此時下榻深慚徐孺子非關勞者作歌辭

贈九峯長老

已透韶陽向上關蔬盂茗椀每開顏頭顱無意掃殘雪
毳衲徒來着壞山瘦節直疑青障立道心常與白鷗閒
歸來天末一回首應在孤峯烟靄間

次韻答寶峯仁書記

袖手脫鞋悲太白搴旗縛敵笑光顏自知日面與月面
莫問南山共北山獨秀峰前雲不隔蓮花洲下水長閒
還鄉一曲真奇絕與子終朝談笑間

寄撫州謝幼槃

别去鷓鴣思日寒書來鴨鴂語林端我懷求仲徑方掃君向山陰興已闌細讀清詩如艷雪何時痛飲劇奔湍懸知作草非貪菜要自心期禮數寛

賦高明大使神功妙濟真君祠

楊柳江頭星宿踈呼船梢子散林烏煙横雲卷樹出没天澹波平山有無稚子揔參三洞籙病軀長佩五靈符步虛聲裏瞻風馬頓覺神清到藥珠

代虛中作

曉悟無生貝葉經起宗真喜得人英風流定自壓全楚
文物由來繼兩京謝傅平生處華屋滕公俄忽掩佳城
哀榮贈典他年在翁仲何知淚滿纓

聽王散人琴

花邊猶舞舊時蝶屋角還鳴他日禽但訝鏡中顏色改
詎知門外歲華侵一杯相屬步兵酒三疊共聽中散琴
有慨余懷聊復寫雨餘汀草自青深

南至

鄰雞戒曉暮鐘催老境俱從裏許來但喜書雲占嗣歲詎知緹室暗飛灰和風欲上千門柳協氣先傳五嶺梅弟勸兄酬真樂事燈前細酌莫停杯

葺茅屋戲成

朔風卷我屋間茅烏鵲銜將去作巢執扑鳩工課奴客巡簷長嘯望江郊謝公五畝似能保揚子一區聊解嘲欲學參謀懷廣廈苦無鳳觜續弦膠

鷄冠

景純機上為裁翦淺碧深藏稱意紅要與飛鴻同保社
肯隨凡鳥在樊籠鳴堦鼓翼何勞爾介羽登塲畧未工
赤幘漫多安足數尸鄉反笑祝雞翁

七夕用東坡韻

老火微微迹已陳稚金稍稍欲親人蛛絲曲綴當時態
麴蘖頻澆見在身女隸不堪嚴侍立天孫誰識靚粧新
柳州太巧何須乞憐汝題詩正角巾

早發開先入城至中道親舊約予復還薄晚復自歸宗入郡中

細聽虢虢水流澗靜看悠悠山放雲澗底遊魚隨葉下巖間獨樹藉雲分殘星已發招隱寺落日看低耶舍墳却背孤村入城市沙邊深愧白鷗羣

過廣濟

不到梅川已十年市橋官柳尚依然追尋耆舊知誰在觸撥清愁不欲眠蘭若霜鐘猶喚睡平陽宰木上參天

倦遊客子心無際眼盡岡原起暮煙

種仙茅

聞説仙茅勝鍾乳移根遠自西山阿豈獨客來塵意少更覺夜眠幽氣多避謗何須求薏苡去家不減食摩蘿侯門稚子成羣後矍鑠仍看馬伏波

王子張以詩見報次其韻

卧看雲生舍北籬起來臨鏡慰衰遲欲投未落鶴盤嶼將去還留鵲遶枝天上漢庭勞夢寐嶠南般鑒恐羈縻

藍田丘壑仍孫在勝日勤來賦好詩

七夕懷徐十用去年所賦東坡清凉韻

幽人喜雨靜無塵雨罷幽蟲料理人顧我維摩方卧病憶君徐稚是前身鐘鳴祇樹年華隔潮上吳江月色新共看牽牛渡河漢月殘露脚濕綸巾

戲次人韻

人言鼓吹來詩思鳴鶴遂聞長阜音細讀一犂新句好始知三語用功深自甘散木傲霜節懶作幽雲出岫心

茗盌爐芬清晝永流鶯捎蝶過墻陰

送果上人坐兜率夏

落絮霏霏攪客心鳴鳩歷歷喚春陰未於蓮社添宗炳已向蘭亭減道林遠嶠烟横鐘磬晚禪天目斷薜蘿深詩緣酒廢苦無思為子送將聊一吟

舟中次珍書記韻

沙頭作別數峯瞑意逐屯雲愁晏陰雨打船篷藏枉渚鐘殘客夢憶禪林山重水複歸帆遠魚躍鷺飛寒葦深

何日支郎訪玄度倚松停策伴微吟

用師川題駒甫詩卷後韻

夢中逐客幻中歸荆楚甌閩好賦詩誰謂涪翁呼不起
細看宅相力能追太冲文價經皇甫籍也辭源怯退之
丘壑同盟從已定莫令鬼祟作愁眉

即事

槐火煎茶氣味新東園肯讓兎園春鳥摧穠李霑衣袂
蝶遶夭桃傍鬢唇迴策如縈峻儀範好詩轉彈絶風塵

頗勝衰粲飲無偶步櫟白楊要惡賔

貽王充道隱士

憶昨涪翁虎溪别鴈來一字不曽收勞君為傳三月信遣我少寛千斛愁煙艇方遊建業水玉人猶在仲宣樓何時掛席西湖去藜杖青鞋鸚鵡洲

潮州木龜有堂舊在天慶觀北極殿之左近為道流竊取而去今莫知所在矣

長生要自食山蘚妙語曽聞葛稚川忽見靈龜藏六用

定巢蓮葉閱千年刳腸已笑清江使曳尾聊同脩水邊
懸想偷兒難卜夜守閽黄耳得安眠

宿侍其雲叟書齋

高齋解榻留我宿破夢驚濤翻疾雷水鳥相呼山鳥語
朝帆纔去暮帆來百年榮落真墮甑一世稱譏同死灰
珍重秦淮隱君子只令風月且銜杯

竹枕

湘江翠竹斬雲根偃月初無刻削痕尚想縈柯俱苯蓴

曾經彩鳳屢飛翻佳眠時有池塘夢避暑不勞河朔樽
殷殷晴雷喧白晝兒童走報雨翻盆

過林子幽居

卧聽山城罷擊柝策蹇過君霜滿鬢窻間山好天欲曙
庭下菜肥人愈臞我非當世可領袖君合於今稱楷模
謝公小草恐未免懷寶要令真不沽

同安即事

摇落霜林秋興新捨舟尋壑自冥塵雲光山色解迎客

松氣竹氛俱着人漢上營詩多累句孟生題壁欲傷神
頻伽依舊丁寧語應笑華顛映角巾

怡顔堂

心遠由來地自偏有琴何必問無絃新醪清濁動秋興
老樹扶踈可晝眠失學已從兒輩懶哦詩常苦後生傳
此腰倔强應難折尚愧顔公二萬錢

周明府國鎮寄詩有招隱之意次韻以報之

絶壑平生深遯逃相期推轂敵英豪緑葵白薤堪扶老

黄帽青鞋非養高薰浴懸知慙管葛經綸何敢望崔毛
新詩如對故人面清夜不眠雞屢號

予以王褒僮約授嗣行叟叟有書抵予并求跋奚移文且云要與僮約作伉儷以此詩戲之

髯奴上券歸公許跋奚移文猶見催臧獲要令成伉儷
文章相與挾風雷目成眉語似真爾足躡心邀安在哉
大士好奇聊一戲不應禪寂便寒灰

戲何人表

示疾維摩難共語誰堪問疾坐繩床也知世之長桑手
盡用枕中鴻寶方馬價不須勞廣漢牛衣何用泣王章
清涼心地俱安穩特訪名園顧辟疆

仲豫買侍兒作小詩戲之

霜鶻橫空河漢秋聊隨雞鶩稻粱謀却將蜀國舊長劒
換得石城新莫愁要遣短轅無復馭定看遙集解忘憂
匡山醉客時相訪莫下疎簾作障羞

溪上

門前渾是浣花溪坊裏深疑號碧雞短艇橫波隨暮靄遥岑雨歇看朝隮髯奴便了能沽酒稚子添丁解灌畦欲賦郊居追沈約只愁誤讀作雌霓

扇上畫雪景戲書

醉餘潑墨寫生綃咫尺真成萬里遥短棹船歸剡溪曲披蓑人渡浣花橋暑中松雪俄輝映月裏山河俱動摇凜凜寒生立毛髮從今襬襶不須嘲

二月二日大雪

天公長作狡獪戲舍北舍南無限春密密踈踈桃著糝
婷婷裊裊柳含塵老人已老難復少故衣雖故昔時新
岸幘未花湯餅滑何勞象白間猩唇

得了翁書

都司曾拂御爐香嚴譴歸來鬢未霜麟閣他年看赫奕
獸樽今日久凄凉楚氛聞說行將弭漢道真成喜再昌
莫作湘纍吟澤畔鋒車促召據南床

廬山道中見梅花

江頭細草已揺春幽谷疎梅尚着人未許揚州動詩興
却嫌戚里妬粧新范郎鄙棗不同傳漢省含香可買鄰
蝶翅蜂鬚莫浪喜元無一物涴香塵

苦雨

陵陂麥熟晚雲黄婦姑當穫相扶將谿山作雨水漂屢
芝菌對床蝸篆梁宴坐翻疑谷簾下夢回恐在漏天旁
何時晴嵐來入户撩我浩歌傾一觴

江梅

江梅踈雨弄晴曛割取江東一信春剩得耐寒驚蛺蝶竟來霑醉倒綸巾未容作賦重招屈豈敢含毫論過秦何日大梅梅子熟從渠高浪白如銀

睡起

烏烏聲樂報新晴睡罷南窻午醉醒惡客從譏玄尚白斯人相向眼終青渚蒲汀草垂垂發幕燕林鶯續續聽日糴太倉真細事安尋佳句遣沉冥

次妙明觀韻

春岸波平汀草深野航蕩槳恣幽尋星壇香轉來真侶菌閣鐘鳴生道心憶昨霓旌歸紫府尚餘鴻寶作黃金肩吾戲吐烟霞語縹緲欲仙難陸沉

次韻答仲兄元亮

楊柳江頭人迹稀心隨鐘度遠山遲忽傳憶弟看雲句想見流觴曲水時人比封胡終有恨韻低徐庾敢言詩青春欲謝子規叫莫惜歸帆赴後期

用元亮韻寄駒甫

才名緑髪斗牛垂天禄讎書何太遅却掃未嘗嗟半菽養痾不是傲當時鋪張大對明光手妝卷裁成鄴下詩見底氷壺最清澈何時照眼會心期

用元亮韻答師川篇末見寄

早歳聞君萬人敵定交已悔十年遅中間會面無虚日底事分攜用此時不隔南雲無過雁猶應北阮著新詩征車欲作日邊去儻赴幽園茗果期

復用遅字韻呈元亮

去日關河雪打圍縫裳密密恐歸遲忽看高筍成筠處
始見殘樽下馬時暮雨蕭蕭聊洗恨東園物物總宜詩
莫言心賞隨年薄勤赴幽人林下期

東臺

門巷依依稱意昝杖藜野色逐人開馬駒卓錫今應在
康樂翻經那復來雲物蒼茫山遠近波聲宛轉水縈迴
風流頼有潘懷縣一洗從前猿鶴哀

次韻徐師川喜洪駒父歸自臨汀之作

赤壁烟波翻渺溟長沙卑濕重行行一觴一詠勞清夢
三沐三薰慰别情不作畔牢愁執戟共吟哀郢哭初平
生來競病幾牢落漫興安能學背城

度章水道中戲用城字韻呈駒甫師川

楚波不動晚山青顧兎西來照我行野鳥鈎輈如有意
漁歌欸乃亦多情湖邊倒載思山簡機上迴紋念始平
欲覓澄江如練句乞靈須向謝宣城

次韻答季智伯弟

廢詩不復匠蘇州蠹簡於人風馬牛喜有丘明能撰次極知水部愈風流句分競病應難敵家有封胡可解憂共歎宣城游岱早剩招去幹不能收

贈蘇仲豫

平生照眼玉壺氷解向朝陽續鳳鳴黃鵠樓前重會面白蓮社裏定交情疎才我亦憐文舉大雅君應笑正平貰酒臨邛聊復爾莫令狗監汙高明

贈王環中

拄策前年訪草堂掛帆煙際在西江詩隨鴻鴈來春渚
夢逐蟾蜍入夜窻辭聘知君追孺子屢空嗟我似窮龎
莵裘欲買為鄰竝歲晚相期倒百缸

贈張仲義

春衫試吏楚江濆真似文昌思不羣未暇等陶辭小秩
何妨慕謝始精文壁間妙句流黄素松下英姿大壑雲
但恐承明賴公等不容蠻府作參軍

春贈介然

彈壓諸方化城老聊同懶瓚忞佳眠雲隨雷下雨歸壑
竹引𥨐閭風動煙晝靜冥搜徒覔句道安高論愧彌天
叢林良藥今無有絶影須公為着鞭

宿同安用舊韻呈雲叟

蒲柳望秋今復衰遥岑雨罷抹修眉寒林要使入方尺
妙筆懸知愧畫師不見揚雄草玄手細看東晳補亡詩
何時共飲建業水更把北山煙雨犂

遊同安寺

郭内那知草色新道人庭宇別藏春高榆風度青含莢
艷杏雨餘紅退唇茗盌薰爐清有致禪天金地夐無塵
裁詩得句如拱璧不費咸陽設九賓

遊昭德觀

曉隨歸鴈影聯翩来訪仇池小有天萬籟虛徐雜鐘磬
一源淳樸界山川雲霾大壑真遊遠風掃石楠佳句傳
司命峯前徐孺子幾時風雪對床眠

夏牛卿用韻見貽次韻答之夏先君子與先平

陽厚善

君合雍容供奉班彤墀紫仗近天顔悮隨手板落趨走却望家山思燕閒使君銅狄悲遊岱令尹玉棺令賜環樽前回首二十載更話幽禪未易攀

客有和予顔字韻詩者答之

巒花初捲簞文斑苦被秋風吹老顔慰眼既親還有舊起予多病復思閒暮年倚杖心三徑看子著鞭腰九環小屈尉曹吳會去莫因橫槊廢躋攀

送規老住虔之慈雲

禪翁竟補棲禪處兎角龜毛仗佛僧久厭宗雷同保社却憑章貢濯埃塵定攜天上蒼鷹爪去接江西白業賓大庾嶺頭梅正好同風千里一枝春

郊外書事

郊原野老帶經鋤童稚何知競挽鬚我亦彌年躬井臼兒能終日課樵蘇頗思鷗閣仍虬户那似松醪伴酪奴志大才踈苦多累真須鹿鹿効周謨

和何斯舉韻寄元亮兼性之

避冷幽牕歌戾㢋鴉啼踈柳把南枝長鬚忽送平安報滿眼仍看競病詩稚子每嗟簷隙短波臣常梗客行遲應貪左轄藍田會落雪官梅動興時

和許秀才見贈許病目良苦

木末鴉啼負郭村無人白晝掩柴門詩來或作破客夢語妙直堪排帝閽抱瘵端如叔夜懶幽懷思對阮生論何時還子讀書眼解脫無根須返元

和馮仲宣韻

秋風寂寞仲宣樓金狄傷嗟卧一丘喜有斯人出淮海追還舊觀極風流莫將起草明光手去伴諸郎肉食謀我欲清江理煙艇尋君楚尾及吴頭

奉酬謝幼槃

牕間遠岫謝玄暉人物煌煌三秀芝黄耳來時得佳句碧雲合處起幽思深閨復見解圍手勝日應多贈婦辭念我龐婆最癡絶只能舉案解支頤

次韻奉酬幼槃

結廬不入遺民社好客初無仲尉蒿度鳥冥冥與心遠

孤峯峭峭伴名高樽前着我醉千日鏡裏緣君減二毛

安得買鄰揮百萬拍浮左手更持螯

再次韻呈之忱彥先彥達兼呈幼槃

割據溪山天下豪長松獨許倚青蒿小巫政自雄河朔

淺器從來鄙奉高爛醉何勞憒田竇淳風相與繼崔毛

不知底事真奇語且向窻前嚼二螯

次駒甫涵虛閣韻

夢中占夢偶相逢山上有山隨轉蓬我自持觴酹玄酒

君應臨水洗纓風行參鵷鷺峩冠客豈是江湖把釣翁

暇日頻來裁錦句要看玉手亂殷紅

七言長律

紫霄道中

山行積石路逶迤村徑成門逕處移一點炊煙生虎穴

四來暝色到牛衣畏人沙鳥飛南隴傍母山猿戀北枝

鴈塔崔嵬臨畫嶠墨雲霮䨴起方池髯秦昔別留奇畫

病可雖亡餘好詩（秦畫松石於歸宗壁間可為賦詩）羊祜不如銅雀妓

蔡邕尚有虎賁兒（世末甚知可而美慶上人者學詩於可）開顏欲效東籬

醉（栗里在歸宗寺旁）真隱慚無谷口姿安得膏腴盈二頃雍雍

喚取共扶犁

日涉園集卷八

欽定四庫全書

日涉園集卷九　　宋　李彭　撰

五言絶句

喚渡亭

草風兼沙雨依約渭河邊昔人曾喚渡絶唱頗清緜

戲書山水枕屏四段

遥岑天南端野彴垂楊下蕭散策寒藤緣雲復觀化

澄江真皎鏡短艇戲鳴榔無復機心動不驚鷗鳥行

孤峯上排霄羣木盡生意持竿坐石磯高懷在雲際
複閣耿蒼烟斜暉掛木末卷帆何處船危檣待明發
大雪投宿圓通以野雪蓋精廬為韻賦五首并
書途中所見
寒雪盡垂空玉色爍萬瓦默默行五牙鬱靄望黃野
昔我游山陰雜花紛似雪重來雪作團遠樹皓已結
山翁雪垂素相逢乃傾蓋同看艷雪舞盡此威遲態
借問佩蒼玉何如煮黃精古來澗谷槃價自重連城

馬疲如客饑脫鞅文公廬人好雪亦好何曾射洪烏

迎陽閣

扶桑有玉書鬱儀善相保朝暾到額簷危坐填血腦

予夏中臥病起已見落葉因取淵明詩門庭多落葉慨然知已秋賦十章遺興

西嶺障斜日澄江來遶門歸鴉千萬點暝色入遠村

燕坐修白業焚香觀黃庭清霄降真侶弭節或見聆

境靜輪鞅寡堦空絡緯多蕭然正遐矚脫葉下庭柯

我初卧病時桑麻翳負郭扶杖延秋風山川俱黄落

寒温機中素榮歇洞庭葉發興鷗鳥行風烟理舟楫

平生老驥心伏櫪端有在華月生夜涼南窻歌慷慨

園中有奇貨雨滿爪芋田一飽吾已足望山思悠然

結交何用早士貴心相知茍合殊真味咄咄成乖離

林廬亦云樂欲語輙復已取琴撫徽絃妙不在宫徵

沅湘歌九辯梁父吟四愁虚齋無一事坐對楚江秋

六言絶句

太平小寺

行盡斜峯急澗忽看化寺神居雲瓚沉沉複閣旁看貝葉遺書

昌書記畫梅

花柳春風紛行禪窻晩放横枝號國生憎粉黛晩粧淡掃蛾眉

夜坐兼戲環上人

蠹簡聊寬岑寂榴花頻慰椿蕪莫問草玄尚白須令看

碧成朱

毛髮早驚蒲柳衣裾又變風烟我是一丘一壑君應三要三玄

落木霜猿到耳風高候鴈横空覔句深憑料理解圍俄聽晨鐘

昌書記畫馴猿

巫峽猿啼向曙云何却在樊籠想見珍羞豢養翻思槲葉微風

七言絶句

庭梅

春風日日下丘園緑到萱芽蕨破拳莫怪庭梅晚來好
尚堪桃李與爭妍

寄贈擇言兩絶句

憶昨同傾三昧酒論文時掇百家衣他年準擬蘭亭會
好畫高人支遁師
逍遥儒墨兩專場萬遍蓮花嫁馬郎心否死灰詩欲盡

乞儂西國更生香擇言與參寥相厚善故戲作吳語戲之

舍弟彤檢校南庄刈稻中秋日作三絶句見寄醉後偶次其韻答之

天南雲破玉繩横上有蟾蜍雲外明共把一桮懷少鴈新詩深悉未歸情

呼隣貫酒酒如氷以酒攻愁愁有城醉舞不須看短舞神清便覺映膚清

珍重江南庚子山詩名晚歳滿江關應須剩讀書千卷

始在班揚伯仲間

答徐十贈詩三絶句

東湖高士有雲孫句夢池塘論過秦海内故人流落盡
病夫杯渡不嫌頻

窻中山色撲衣襟户外江聲醒客心我在山陰君在剡
思君行坐短長吟

爐薰細細繞禪房竹日暉暉映短墻安得買隣同歲晚
鉢盂分飯共繩床

答謝邁秀才三絶句

飽聞玉樹堦庭長今見憑虚意欲仙遺我池塘夢春草阿連風味劇堪憐

短李門前無寧馨書㴽詩癖頼天成多情喜有謝康樂步屧同尋鷗鳥盟

平生抱瑟齊門立不比吴宫誇靚粧周鼎商盤甚淳古君來獨慰九回腸

答黄直夫二首

紅顏綠鬢花映肉別去年顏存語音秉燭相看真夢寐
細聽存没欲薰心
筆底瀾翻走百川胷中書傳作豐年自憐疲馬老伏櫪
絶影如公更着鞭

次韻答九弟首夏郊園即事

疏泉方鑿薜蘿深月落參横要共斟徑醉逃禪真粲可
寘搜得雋近韓岑
阿連句裏欲回春早慎論交思不羣莫顧才堪任遺補

來參折臂大馮君

營巢燕子語猶新接葉鶯雛已晚春催曉鳥鳥聲更樂
直疑料理廢詩人
何須痛詆程不識未用親摩史謁居昔時萬事愁眉外
頓覺幽懷常晏如

再次韻

懶覓新詩勸春住只愁塵爵每空斟餘酣晚潄沙汀外
未羨明登天姥岑

陳恬老作中州客少室曉猿聲念羣通籍金閨成底事
看取九原宜漠君
古木千章夏陰合甕頭別作醉鄉春草玄不是揚雄事
定自免為投閣人
種葵藝瓠成畦壠奇貨由來果可居漢代封君渾未稱
故侯風韻擬相如
元亮次韻四絶相撩和答
枕中鴻寶裹蹄金火候曾經手自斟瓠子河傾那可塞

恐令清餓首陽岑

少陵獨見阮生論我樂窮鄉獨樂羣兩阮八龍渾可擬
操戈披靡獨輸君

久知甕底堪肥遯近覺樽中每着春狗竇相呼竟何補
獻酬故屬畫眉人

仲子酒狂言語踈文章敢比茂陵居未見遠山堪病渴
直愁滌器枉相如

清明

汀草汀鷗解喚愁舍南舍北度鳴鳩深憑竹葉留春住
不信桃花逐水流
高柳半天渾欲眠二毛苦上接籬邊興深杯杓懷山簡
勾夢池塘憶惠連
晚將麴蘗寄吾真不道公當恕醉人欲學少年花壓帽
却疑花笑及花嗔

登耶舍塔

五峯羅列斗南垂百代堂堂歌紫芝一老去為西伯用

四翁應笑北山移

春意三絶

屋角鳥呼春意回江花江柳自相催廢詩詩思澁如棘
勾引無勞酒作媒

裁雲為柳雪為花惱亂中年春意賒庭宇風微教馴鶴
池塘日暖浴嬌鴉

日日映堦春草香春風到處着胡床梅梢何許蜂釀蜜
來採幽園宮樣黃

題温泉

能使時平四十春開元聖主得賢臣當時姚宋並燕許
盡是驪山從駕人

暉上人畫梅乞詩

微風正爾送荷氣忽見鞏梅氷霰姿元是道人三昧力
明窻潑墨發南枝

西塔

峯前日出霧初散谿上雨來禽亂啼欲記曾遊三峽處

詩成賴有董膠西

睡起

林間穉竹猶含籜柳下孫枝屢放緜午夢不知清晝永
嬌鶯啼破曉窻前

奕奕柔桑霜後繁緜緜無復蠒盆翻願同園客蠒如甕
恐使疲民無複褌

鳥雀雄猜作伴飛機心還復墮危機何如絢練堂前燕
拂面銜泥點客衣

爾麥翻畦雉羽斑郊園貰酒有餘歡奈何苦雨傾滄海
坐遣南翁衣帶寬

石闕林端晝夜啼羅生芳草綠成蹊扶笻攜幼出門巷
雨過舟橫水滿谿

戲贈行崙上人

東風未解北風慍臘雪半消春雪深欲向僧房覔清晝
細聽山暝孤猿吟

次李儀中韻送杲上人歸龍安

不作郊原雉應媒心隨山色翠成堆翩然一鉢自歸去

有意杖藜還復來

訪僧

茗盌薰爐久不來曉猿夜鶴總相猜故將野老扶衰杖

踏破僧家稱意苔

戲贈嗣譽二首坐

談禪高出潙仰右著論聦居生肇傍更有新詩堪抵罪

與君約法定三章

僧中君是玉花驄氣逸渾將入古風欲向松窗翻妙語
愧無筆力到房融

病中即事

懶慢經時不出門秋風藜杖稍相親念羣屬玉鳴碕岸
作伴蜻蜓上角巾
病厭鵝兒酒色黃蔬盂終日似僧房馴猿時復攘新菓
夕鳥飛來啄蠹床
初無勾漏為丹砂何必青門始種瓜口腹累人吾豈敢

深勞溪友餉魚蝦

啼烏引子來衣桁野鷺銜魚墮屋除百念已忘餘習在
手持叔夜養生書

利口毀譽本無嫌空洞腹中須屬厭何用灞陵嗔尉醉
未勞漢署歎郎潛

畦間魁芋敵蹲鴟木末深懸大谷棃小摘已堪充米價
煨嘗聊用補朝饑

絡緯井幹空復啼蕭然脫葉望秋衰最憐庭下婆娑檜

鬱鬱已含梁棟姿

失題

草閣柴扉舊逐涼蘋風一曲洒廻塘尚餘新月張敞畫
無復么荷韓壽香
籬邊日出撫孤松户外雲生遮數峯避冷隨陽聞過鴈
催昏喚曙聽疎鐘
寒鴉銜枝欲定巢近同客食上林梢能逃歲德安門户
出處懸應不浪交

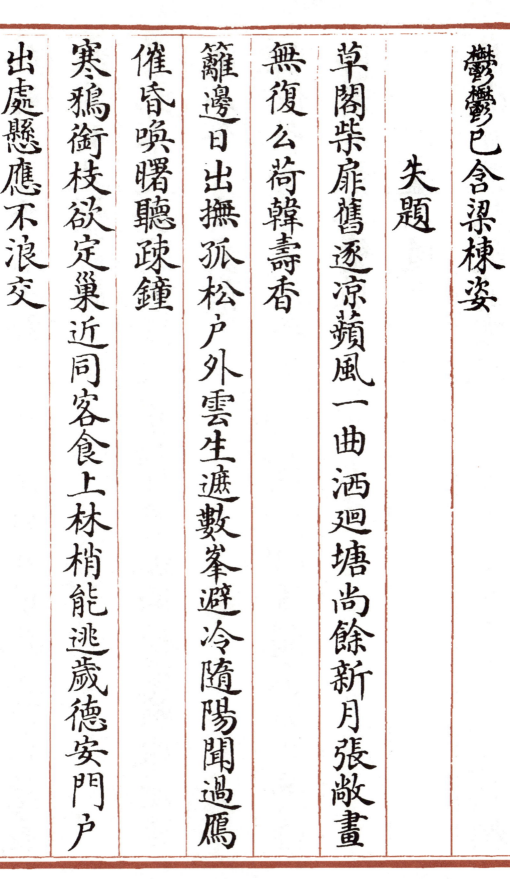

紛紛眼界秃居士却著雲山壞衲衣鍼孔綫蹊無量義誰能於此頓知歸

秦郎本是金閨彦撰次曾為仙董狐西狩獲麟雖絶筆道山今日要真儒

韓侯數竒亦云極奈此風流英妙何傳聞東觀已著作即看西掖與鑾坡

盧山道中

無復春風緑髮前索花共笑過年年只今老境花無賴

媒蘖幽人作醉眠

崇桃灼灼炫清晝細柳依依迷遠村似聽淵明賦歸去

柴桑幽鳥語黄昏

三年不飲虎溪水一笑來嘗鷹爪芽岑寂仲堪談易地

秖餘蒼蘚藉殘花

董仙種杏令虎守只今但見蓮花峯鍊師欲作小隱計

餘力猶堪追祖風

憶昨山陰峯上頭山腰雲雨半含愁蒼崖壁立題名處

光怪時時射斗牛

蕭杌齋中天馬駒追風未試且幽居劇談挽我留三日

不費一鴟傳異書

不識西湖林處士飽聞陰木吽鈎輈茂陵遺藁今應在

索價雖高未肯酬

英姿秀骨徐尚書忠義丹青那可圖褒鄂真成毛髮動

猶將生氣壓曹蜍

北齋兩絕句

芭蕉葉大雨聲催葉底繁花菌蠢開欲據胡床呼作炙
膳夫何用探心來
烟莎茂密小池塘注水枯荷馥晚凉何許蜻蜓立荷蓋
鷺飛作伴過東墻

對雪有懷廬山道中

傍窻幽鳥語忽忽雲陣羣山雪輥風信有農談四隣久
隔籬烟火醉眠中

自和六絶句

麗日暄風下大荒百花氣暖漢宮香攜幼來尋竹間寺

游絲寂寂繞迴廊

金屑琵琶刺繡裙紘紘軟語怨昭君仍年病著屏梧盎

酒興多於出岫雲

水荇蘆芽相緯經倦飛翠碧蹔來停含毫未下無新句

安得毫端飛迅霆

蛙鳴廢沼弄妍姿破夢起看星斗垂度曲安能高鼓吹

灑灰那復計官私

邊腹從來不貯愁歸鴻目送頗悠悠三吳何用憂狼顧
一戰行看擒狗偷
二季蒼顏催我老年過四十眼猶明細字未能妨老讀
每逢佳處勝專城
再和
清朝畫省得名郎嚼麝高談百和香水鏡欣傳佳吏部
更須端委侍巖廊
仇池仙伯烟霄外妙出湖州寫墨君畫永虛齋風動壁

枝枝葉葉欲生雲

劉侯白髮續羣經永夜憐渠不少停齎恨沈王今已矣

那知為電復為霆

珪璋特達晁夫子家法文章萬代垂却袖當年醫國手

磨鉛起例只營私

且復持觴歌莫愁點衣柳絮晚悠悠要知境靜自心遠

不是年衰成語偷

平生愛花被花惱況復雜花川上明斂外參謀詩滿眼

乞靈何必錦官城

同季敵弟過南岸野寺

楊花糝徑雪繽紛短艇横江烟草昏小鴈俱來覓春事
情知春過水南村

數日陰雨懷李生

衣裾蘭茝有餘清風骨氷霜照眼明欲共阿戎談絕倒
亦憎暮雨滴堦聲

文楸玉子知無敵愧我元非王積薪願賦烟茶不堪剪

風流文物不無人
燕頷應須遊玉關歸來緑髮看峩冠他時爛醉紅鸚鵡
更跨追風烏賀蘭

戲刻真牧堂竹間

風微雨細花梢動日落鐘鳴雀語多未有池塘春草句
戲成户外竹枝歌

小憩琵琶亭呈環中養正

南樓岑絶冠湖外舉扇每避元規塵庾公樓下落帆處

掀髯定爲公所嗔

超超邁俗郭有道育孤事發如古人莫言壁立貧至骨
雞黍自足延嘉賓

山南蒦落蘇李子飲作江湖雪陣來想到詩腸應作祟
挽回妙語如瓊瑰

戲呈子蒼

一杯相屬步兵酒三疊共聽中散琴有慨余心成獨寫
雨餘汀草晚來深

山郭遇鄭禹功行縣

廣文官冷飯不足行縣符移祇屢催邂逅班荆作吳語風姿峭峭絶纖埃

清曉登無相浮屠上有東坡書

窈窈龍蛇穴窟寬淮山楚水繞欄干儋州宰木應揺落八法猶參星斗寒

舟中戲作俳體

皓齒青娥倚柁樓楚波微動晚風秋不辭自去迎桃葉

兩槳還須送莫愁
目成可意亦不淺思是羅敷舊姓秦莫道使君自有婦
願為解佩漢皐人
茯苓
憶昨舍邊松雪明於今偃蓋入青冥何時容我攜長鑱
翻動龍蛇取茯苓

日涉園集卷九

欽定四庫全書

日涉園集卷十　　宋　李彭　撰

七言絶句

老坡自海外歸為書簡寂觀雲卿閣榜今為煞

風景者毀之

筆底颼風吹海波牓懸欝欝照巖阿十年呵禁煩神物

奈爾焚琴煮鶴何

戲書

虐雪饕風春事晚輕紅未放入夭桃即看倚杖花經眼
便許堆盤黍雪毛
晴簷已復聽提壺濁酒聊堪釋荷鋤短短長長愛園柳
三三兩兩數谿魚
渫井寒泉澈底清不容私地有蛙鳴脩除何獨充庖易
要看籜龍將雨行
止酒廢詩春晝長頗知易戒復難忘戲於窻下還詩債
便欲花前喚索郎

次韻文潛立春三絕

臘前漏泄有官梅春色懸知裏許回日涉園中聊步屧
黃菘早韭復爭開

后皇司春生意還無知草木亦斑斑 顧憐綠髮添華髮
羞插耐寒花上幡

舉酒徵賢且合姻盤飧野菜鬬嘗新陽春有脚今誰是
始覺前朝貴老身

延福寺

尋盡雲山發興多稍知蘭若在巖阿不以姬姜棄憔悴
杖藜聊復一來過

　　齊安江頭別何氏兄弟舟中得四絶句

疎星牢落散江東悵望夷猶醉眼中長年三老相欺得
故將短棹指西風

八字山頭閲世故周郎赤壁斷人腸玉魚金枕皆冥寞
鐵騎樓船墮渺茫

樂羣野鷺巧相依旁母鳬雛肯浪飛怪底相連若眷舊

無人花鳥自忘機

巖巖五老古鬚眉似對幽人歌采薇漢事煩公即調護蒲輪飛詔盍来歸

留別小慶

風催萬壑雨歸去雲閑連峯不放晴門外從教春水濶杖藜準擬聽江聲

二絶

過盡柳花無復緜幾畦麥浪漲晴川幽禽喚起醉鄉夢

疑在故園茅屋邊

生綃他日寫荒寒咫尺渾如萬里寬我據筍輿烟霧裏

有人應作畫圖看

對酒二首

頗欲持觴為上頓直疑買醪成大偷盞中麴蘖可肥遯

不比終南猿鳥愁

雄猜刻薄王處仲不飲思欲誅蛾眉何如一醉睨萬物

小黠向來成大癡

夢秦處度持生絹畫山水圖來語予此畫劉隨州詩也君為我作詩書其上夢中賦此詩

隨州句法自無敵寫作無聲絕妙詞誰料長城千載下秦郎復出用偏師

歲晚四首

天長候鴈作行遠沙晚浴鳧相對眠松醪朝醉復暮醉江月下弦仍上弦

汪侯胥次濶瀟湘秀潤清時符寶郎謝守窻間仍發興

敬亭山下屢成章

苦憶中州向子期徵官鑴盡賦新詩清班未許聯天仗
直指聊看着繡衣

眼看楊柳漲春風忽復山明雪映松但把一尊扶醉病
何須三揖送文窮

茅堂清坐有懷元亮

不到青園三月餘行間茂密見新蔬最憐鼠迹生塵案
復有潛筠穿我廬

有懷雪堂舊游

雪堂楊柳三五株堂裏先生萬世無伐樹何人成糞土
如聞築屋復棲烏
柱史秦郎無檢幅筆端真有大夫辭追懷耆舊誰能繼
況復賞音黃絹碑
張侯膽蔚氣如虹字字追懷西漢風歆向俱為泉下士
辭林正派絕流通
陳子真成病乘黃圜丘一仆殆堪傷苦吟幽語多奇澁

未免人譏急就章
柯陂潘子骨已冷文采風流付陸雲不見十年應好在
酒澆邊腹貯皇墳
珍重何家大小山高文麗賦敵揚班書來慰藉江頭別
想見園林人外閒

離曲池憩巾口

小泊曲池桑柘陰遠墻岑寂伴高吟孤雲兩角真在夢
一抹寒林古木深

野僧亦復稻畦衣兩兩三三巾口歸拂拭涪翁刑部句

晚風吹泪對斜暉

物色真成行畫圖十年對面不供書才慳更著李商隱

無復重譏獺祭魚

林占處士和靖先生之孫也與予厚善今死矣

作兩絶句弔之

愛君渾似金華客謂我猶堪供奉班蕭寺愚溪兩寞寞

一尊聊復對西山

危脆芭蕉何足道姓名今不減西湖茂陵遺藁他年在
曾有書言封禪無

久不得六弟消息二絶

去日么荷拳未舒水花高蓋已扶踈大醫法窟應尋徧
有底能忘一紙書
平生大敵劉文叔每發一兵鬢為蒼不得淮南近消息
蕭然添我鬢毛霜

遊雲居寺三絶

茗椀薰爐久不來曉猿夜鶴總相猜故將野老扶衰杖
踏破山家稱意苔

去年重失洪崖約今日又寒徐稚盟勝日幽期無惡客
尋僧銀色界中行

燕坐身遊水晶域夢回心淨玉壺氷更聽夜雨簷花落
却是細泉幽竇傾

代二螯解嘲

臞儒他日倦龜殼蛤蜊自可破愁顏不似二螯風韻好

那堪把酒對西山

解嘲

平生癡絶百無憂黨友相嘲顧虎頭癡黠胷中各相半要之與我不同流

丘林久矣自耘耡罕識心勞瓜芋區不復論文傳幼婦安能索筆著潛夫

西隱觀

書籤無復梁蕭統像設空餘譚紫霄馴鹿將麛眠藥圃

歸雲帶雨度山椒

離豫章進賢道中

春在江村桑柘中多情十日雨兼風杜鵑北向勸歸去我為故人聊欲東

招隱亭

裊裊秋風生桂枝小山巖壑石逶迤王孫歸去歲將晏莫學臞儒炊扊扅

鄰雞

鄰雞午唱靜中譁挾雨蒼苔傲落花已覺星星鬢邊出
真成一倍惜年華

醉中戲次師言韻兼簡少逸

不覺龎公隱鹿門逢場作戲任吾真風烟久著雙蓬鬢
脫帽公應恕醉人
筆下疾雷驚四鄰勒兵小試頌聲新司空城旦餘波爾
六籍紛綸井大春
往日風流京兆眉却穿習薄敗荷衣新詩渾作鶯花語

只欠天街便面歸
愧乏金椎控頤手偷兒何苦向人來囊空四壁亦云靜
祇有丹鉛勘玉杯

次韻九弟過炭婦兼懷徵公之句

阿連衝曉絕江濆驚起江汀鷗鷺羣不為營巢祇覓句
真成拄頰玩幽雲
頭陀雲外見遙岑爭似歐峯雲物深想見伊蒲欲為供
波生茗盌憩墻陰

次韻九弟幽園即事

萬事向來元不理非關軒傲故相違幽園把菊初無恙
未歎將蕪胡不歸

孰知卜築野人居飽聽鄰鐘與粥魚便覺悠悠雲入座
只無灦灦水鳴除

次韻正平見贈道予遊山北勝處

山南山北似壺天雨宿風飡近日邊嗷嗷猿啼石門路
此身渾是謝臨川

佳句全勝顧虎頭千巖萬壑斬新秋歸來把玩無窮意
始信遥天寄客愁

次韻九弟五絶句

遠韻會須真邁往高懷那用太分明病夫閲世蓋多矣
説病由來非妄情

草際窻間蟋蟀鳴愁來無路敵方城却憐郢客悲秋賦
强使微雲滓太清

谷水爲簾映暮山珂珠貝玉妥天關傳聞小陸同支遁

游戲蒼崖鉅壑間

沙鷗日日滿蘋汀白髪忘機不復驚何處暮帆來浦口

背人飛帶喚雛聲

橘花漠漠玉花深屢起徼霜落爪心喜有青黄着籬落

千頭未羨滿寒林

哭尚書墓

過家上冢非無子宿草孤墳獨可悲賴有立朝莊語在

不勞諛墓作銘詩

種竹當年語尚新藏山萬卷總成塵牙籤知落誰家去
往事凄涼欲損神

遊雲居四絶

鷄林磨衲度憒溝海外風烟在上頭鍼孔線蹊誰善幻
千巖萬壑斬新秋
懸崖怒瀑落龍湫恰似王師破蔡州續蔓沈竿空莫測
石魚酒舫未應求
壞衲槃跚玉澗翁負霜禿鬢頰曒紅時時口占東坡語

頓覺曹劉力未工

冉冉山雲低度墻涓涓流水響長廊不緣抱病閑高冷

早賦式微緣底忙

寄鄭禹功魏虞卿

杖藜徐步倚柴扉園柳青青馬尾垂日暖遊絲縈落絮

黃鸝銜得上高枝

衆草風來俱掩冉鷺紅駭緑鬭年芳崇蘭秀發北窻下

燕坐時聞自在香

苦憶茗溪鄭廣文足驚毫翰獨超羣山南飽看懶行縣笑殺無心出岫雲

虞卿再見封萬户三語掾曹駒伏轅北海會須加慰薦横空一鶚看騰騫

蕭子植寄建茗石銚石腊潘衡墨且求近日詩

作四絶句

寶犀新胯面巖冷碾出婺源春雪花何用纖纖捧渠椀絶勝片片酌流霞

良工刻削類方城煮茗細看秋浪驚未許兒曹輕度量
豈容奴輩笑彭亨
蒼崖絶壁長瓊腴靈府煩蒸藉掃除老楮羣雞甘下筋
乖龍左耳避珍蔬
遠竈積烟烟更多絶人妙手不同科蕭郎餉我客卿輩
遠愧山隂書換鵝

寄臨川諸舊兼悲二謝

晏如雅贍志沉鬱詩語松風萬壑哀皮裹陽秋能刺舉

眼邊青白免嫌猜
董侯本是古沉冥風味澹然雲水僧見說修門和氣滿
何用涉江歌採菱
何侯嗜學黃鵠舉謝客哦詩丹鳳鳴急雪異時登擬峴
放歌何日酌宣城
半岳摧峯憐二謝孤墳宿草已蒙茸自嘆蔡邕今老矣
銘言獨不愧林宗

寄何氏兄弟

病語無心復惜秦護持白業五臺賓往時赤壁好風月
俱助兩郎詩句新
青州從事懶行縣白水真人不造門時作藥山遮眼計
尋僧煮茗過祇園

次韻山谷寄賀鑄

平生賀監毛髮古風流獻詠付銜盃賴爾雲孫亦不惡
山陰氣味喚仍回
淮海維揚萬人傑松吟宰上不能杯雖無賈傅過秦論

猶有清歌慰九回

容盧山道中寄中上座

谿山軒豁逐時新草樹欣欣雨後春弄水看山添野興可憐魚鳥自相親

著行官柳拂人低勾引風光挽客衣正是斜川春事起翻思帶月荷耡歸

紫霄獨立冠遥岑静愛雲無出岫心見說危梁耿大壑欲招惠遠與同尋

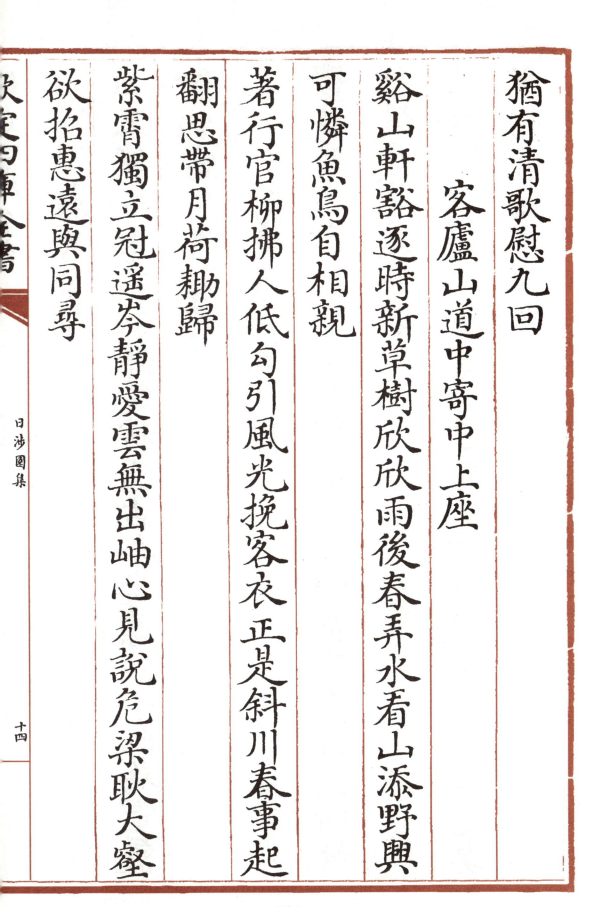

顔魯公祠

心正能令筆不欹銀鈎猶冠古今奇凛然一代英靈氣猶似當年駡賊時

鄰寺遣興三絶句

蠻花簞冷春氣分午醉醒尋野寺門黄落遠林供倚杖却疑殘照是朝暾

映堦駮蘚漫層層古栢連蜷上老藤梵鼓粥魚今落莫半歸官焙半殘僧

脩源一帶碧灣環上有江西淡竚山便覺心塵雙寂寞
不愁騎省鬢毛斑

遣興兼寄豫章二弟

國士無雙有山谷斗南獨步憶秦郎鸚鵡洲前多勝日
古藤陰下夜何長
獨持杯杓酹先酒遺我此物忘百憂乞靈鮑謝共傾倒
況復隔牕懸玉鉤
龍沙季子在原樂不肯附書黄耳來滕王閣上覓佳句

鐵柱觀頭行幾迴

即事

勸聽戍鼓擊銅龍卧待當軒葉底風瞑鳥忽穿明月去直疑便面寫歸鴻

左界明河夜未央輕風灑面作微凉藏舟枉渚者誰子欵乃歌聲短復長

紛紛著作能上馬袞袞紫微俱斲窻韓侯遽綰銅章去豈坐雙流帶二江

我覯之子秉周禮要使諸儒識漢儀側席求賢天子聖
未容澤畔弔湘纍
眼看花霧共衣霏已有羣鶯窻上飛心事但隨春事盡
鐘聲更伴鳥聲微

醉書

酴醾奪目表春餘閒雅雍容亦甚都睥睨園林衆芳歇
持觴耐久作歡娛
稚子滿林春笋生殘花老境尚多情瀟灑封侯真有自

奇姿未讓惑陽城
湛湛胷中萬頃陂翻疑淺器是牛醫從來未許愁知處
顧肯因愁移面皮

送淳軾二上座

寥掩柴門斷還往道人履迹破蒼苔青燈相對語離夜
況復打窻風雨來
上人定自有佳處眉宇翠氣連湖山烟邊候鴈着行急
力挽不留相與還

漫興

真牧堂前花草新舍南移就一番春非關瘠魯欲肥杞直恐强齊將弱秦

梅花冷蘂發疎枝雲斷天南放日暉亂折寒柯有隻鵲銜將綴作百家衣

翻經臺

五千餘卷在高臺內史翻時蠟屐來夢斷池塘人不見年年春草綠成堆

幽園即事

妙手春工如畫史鵝溪百幅掛城隅却將李成驟雨筆
掩映邊鸞花鳥圖

竹間兩絶句

鳥聲催得青青老花氣渾忘白髮新誰復能尋三徑友
信知真是五臺賔
何許晚鐘烟雨餘花間蛺蝶舞籧篨莫將絶壑漱流齒
戲誦文園封禪書

自西林投宿歸宗

江都著足寫餘酣頗怪朝暉變夕嵐我與諸峯俱是畫解隨歸鳥過山南

補遺

魏鍊師四松畫軸 案此下七首據玉潤小集補入

四松在澗壑歲晚乃更奇蕭然如黃綺傲岸不可追誰將談天口掉舌聊見移由來拂東絹寫此霜雪姿便有松上雨催我窻間詩翻思斸青冥採藥堪扶衰當年毋

青手開闢造化隨既有圯下約子行何後期

徐叔明校書篆筆奇古復善丹青為予作漢江暮靄扇材極妙力求鄙句作此以贈

曩時徐騎省篆古逼秦相後來得仍孫毫端溟渤壯能回頓挫姿丹青生意匠餘酣寫便面萬里烟莽蒼何許捕魚郎落日蕩雙槳無勞剪吳淞安用買疊嶂真欲老是間塵境孰非妄憐君俱入妙簡遠復清曠定為造物嗔覓句聊分謗

夢訪友生

少年結客長安城妄喜縱酒同韋程支離老去一茅屋枕書卧聞長短更友生相望止百里寒夜寤閒無徵聲夢中乘輿輙見戴剡溪聊爾扁舟行覺來蘧蘧一榻上不用僮僕爭驩迎吹燈弄筆欲書寄窗前白月方亭亭

唐明皇夜遊圖

開元御極垂衣裳登三咸五凌羲皇白環重譯銀甕出卜夜遨遊離未央香車鬭風秦與虢羅帕覆鞍真乘黃

赭袍錯落綴北斗步輦優游金縷觴寧王玉笛上霄漢
御路花光爭月光汝陽羯鼓絹帽穩打徹參旗低建章
太真霑醉玉欹側力士傳呼聲渺茫翠釵掛冠紅粉粧
金貂貰酒白面郎君臣玩狎樂莫比清禁喜聞宮漏長
若令姚宋坐廟堂袖中諫疏神揚揚萬里橋邊行幸處
後世龜鑑懷苞桑

題駒父家江干秋老圖

江風颼飀江水寒蘆洲鴈下生微瀾漁翁夫婦不能語

津吏醉倒船着灘其旁病夫坐箕踞持竿萬事那復顧
懸知寧斷嬌兒乳不及寘鴻及飛鷺

都城元夜

斜陽盡處蕩輕烟輦路東西入管絃五夜好春隨步暖
一年明月打頭圓香塵掠粉翻羅帶密炬籠綃鬬玉鈿
人影漸稀花露冷踏歌吹度曉雲邊

望西山懷駒父

去歲湖湘賦凛秋聞君江國大刀頭百年會向知幾遇

十事欲言還九休照眼遥岑落懷袖過眉拄杖立汀洲
莫言青山淡吾慮誰料却能生許愁

日涉園集卷十

謄録監生臣李之秀

圖書在版編目（CIP）數據

日涉園集 / (宋) 李彭撰. —北京：中國書店，2018.2
ISBN 978-7-5149-1899-1

Ⅰ. ①日… Ⅱ. ①李… Ⅲ. ①宋詩－詩集 Ⅳ. ①I222.744

中國版本圖書館CIP數據核字(2017)第317893號

四庫全書·別集類
日涉園集

作者　宋·李彭撰
出版發行　中國書店
地址　北京市西城區琉璃廠東街一一五號
郵編　一〇〇〇五〇
印刷　山東汶上新華印刷有限公司
開本　730毫米×1130毫米　1/16
印張　23.75
版次　二〇一八年二月第一版第一次印刷
書號　ISBN 978-7-5149-1899-1
定價　八八元